GW01376738

L'État des âmes

Giorgio Todde

L'État des âmes

ROMAN

*Traduit de l'italien
par Thierry Laget*

Albin Michel

Titre original :
LO STATO DELLE ANIME
© Edizioni Frassinelli, 2002
Traduction française :
© Éditions Albin Michel S.A., 2003
22, rue Huyghens, 75014 Paris
www.albin-michel.fr
ISBN 2-226-13748-3

1

Les maisons de pierre sont toujours en même nombre, à Abinei, car rien, dans ce village fossile, ne croît ni ne diminue. Si l'on consulte l'État des âmes de la paroisse, on est frappé de constater que les décès sont exactement compensés par les naissances, et c'est pourquoi les maisons y sont toujours en même nombre, et que l'on y compte toujours autant de foyers. Humains et animaux naissent et meurent dans une égale proportion. On vient se joindre aux âmes du village en traversant une membrane, comme toujours ; on ressort par l'extrémité opposée, que l'on soit humain ou animal, en traversant de nouveau cette membrane arithmétique qui se referme aussitôt derrière celui qui l'a franchie.

La robe noire virevolte comme une voile menaçante : « Maria Elèna, décidément, on peut dire que Dieu se manifeste vraiment à Abinei. Tout à l'heure, à l'église, je compterai de nouveau nos paroissiens et, une fois de plus, je sais que j'obtiendrai le même total. C'est ce qui me console. Il est une main qui ordonne tout : celui qui sait regarder le ciel peut la voir. Si quelqu'un venait soudain à disparaître, alors qu'il n'est au village pas une femme, pas une seule, qui soit grosse, la balance pencherait d'un côté et je me dirais que le démon a posé l'un de ses sabots sur nous. Tant qu'un nouvel enfant n'aura pas vu le jour, tout se passera bien, et, c'est sûr, nous ne connaîtrons aucun deuil. As-tu préparé les hosties ? Pas une de plus, pas une de moins. »

On a beau regarder le ciel, on n'y distingue pas cette main censée maintenir au village l'ordre et l'économie des os courts et de la chair sèche qui surprennent ceux qui arrivent de la plaine ouverte où tout est plus grand.

« Cent soixante-quatre hosties, don Càvili. Comme d'habitude. Giò Espis, le boulanger, me les a apportées il y a deux jours.

– Cent soixante-quatre, sans faute, tous les dimanches, depuis très longtemps. »

Ces réflexions sur l'immutabilité du village rassérènent le curé Giacomo Càvili, et, pendant un moment, son âme pessimiste se sent plus légère. Pas de mains dans le ciel, et pas de châtiments. Il sort sur l'aire derrière l'église San Martino, à l'orée du village : l'église est petite, en pierre grise, biscornue et cernée par d'envahissants buissons que les paroissiens débroussaillent une fois par mois. Entre Abinei et le raide versant planté de chênes à demi asphyxiés par le vent, il n'y a pas de césure. Le village ne corrompt pas la montagne. Depuis onze ans, les bruits de la forêt emplissent les oreilles de don Càvili qui voue à ces arbres un amour puissant et profane.

De sa voix de canard, Maria Elèna, sa servante déplumée, le tire de sa rêverie : « Regardez ce beau ciel qu'on a ! Quelle belle journée ! On pourrait aller chasser des lièvres au bois. Je ne me souviens pas d'avoir connu un aussi beau mois de mai depuis ma jeunesse. Écoutez, on entend les cigales, comme au mois d'août, comme c'est drôle... ça monte à la tête...

– Et qu'est-ce qu'il avait, pour te laisser un si beau souvenir, ce mois de mai de ta jeunesse ? La chaleur ? C'est toujours pareil, il me semble. »

La vieille femme se rappelle la seule fois où un homme l'a touchée, alors que, déjà, elle était étourdie par le chant des cigales, qu'elle avait déjà quelques plumes blanches, et que lui, un inconnu, l'homme des cigales, l'avait touchée. Elle ne l'avait plus jamais revu, mais ne l'avait pas oublié : « Désormais, je suis desséchée et tordue, mais vous connaissez bien mon portrait de quand j'étais jeune... Dommage que tous ces trésors, j'aie dû les garder pour moi... quel gâchis... »

Càvili comprend que le terrain devient glissant et il change de sujet : « Je suis allé choisir une poule. Celle qui est jaune et méchante fera l'affaire.

– Une poule en moins ?

– Le compte est bon, même pour les poules, Maria Elèna. Nous avons deux nouveaux poussins. Ainsi, c'est mathématique, une poule ce dimanche et une autre dimanche prochain. Et tout rentrera dans l'ordre. Appelle Saturnino, il prépare la messe à la sacristie. »

Saturnino arrive sans se presser, et entreprend de poursuivre la poule qui, elle, a hâte de lui échapper. Elle croit gagner son salut en s'élançant entre les jambes arquées du sacristain, mais c'est un leurre et la voici coincée. Elle pousse un bref cri, et son voyage s'achève.

« Ce sera prêt dans combien de temps, Maria Elèna ? N'oublie pas que nous sommes deux à table.

– Il est dix heures. À deux heures, tout sera prêt, don Càvili : le bouillon, la viande et les asperges. »

Elle s'assied pour plumer l'animal, et éprouve comme une piqûre d'épingle à chaque plume qu'elle arrache.

« Je vais chez le docteur Dehonis, mais je serai de retour pour la messe de midi. Saturnino, je compte sur toi pour que tout soit prêt. »

Il s'achemine vers la demeure du médecin qui vit seul, à l'autre bout du village, dans une maison de deux étages, comme en possèdent les rares personnes aisées d'Abinei. Une écurie au rez-de-chaussée et, à côté, la salle de consultation ; il habite au premier étage. Pierluigi Dehonis est un célibataire de cinquante-cinq ans, grand et maigre, qui ne porte jamais de blouse mais est toujours habillé pour la chasse.

« Don Càvili, il vous faudra bientôt mettre à jour votre État des âmes, Piccosa Spìtzulu en est à son neuvième mois. Nous sommes huit cents au village...

– Huit cent huit », précise Càvili. Puis il plisse le

front : « Ah ? Cette mécréante est grosse ? Je ne le savais pas, elle ne vient jamais à l'église.

— ...et, d'après la théorie que vous défendez, il est impossible que nous soyons huit cent neuf. Étant donné que nous nous apprêtons à écrire dans la colonne des recettes, il faut s'attendre à mettre également à jour celle des dépenses pour 1893.

— Vous vous riez, docteur, vous vous riez des calculs du ciel...

— Allons donc, tous ces bergers sont en parfaite santé ! Ils ne vont pas à l'église, mais ils ne vont pas non plus voir leur médecin. Mais peut-être voulez-vous que je réduise leur nombre en les soignant bien à fond ?

— Vous avez tort d'employer ce ton railleur. Il est de fait que, depuis que l'on compte les habitants d'Abinei, leur nombre n'a pas varié. Et il en allait de même avant...

— Mais oui, bien sûr... Puis-je plutôt vous convier à ma table ? Aujourd'hui, j'ai fait la tournée de mes malades, de Silisei à Crobeni, et j'ai demandé qu'on prépare un déjeuner en l'honneur de l'accoucheuse.

— Antonia Ozana ?

— Elle-même. »

Càvili devient brusque : « Elle non plus, je ne l'ai jamais vue à l'église et, pour ne rien arranger, on m'a rapporté qu'elle avait un amant sur la côte. Cela ne me regarde pas. D'ailleurs, ici, ça ne dérange personne, car les gens sont mi-païens, mi-croyants, vous le savez bien, et, dans certains cas, ils ne nous écoutent que d'une oreille. Ils ne sont chrétiens que depuis peu de siècles, et cela ne facilite guère ma mission. Quoi qu'il en soit, laissa-t-il échapper, il n'est guère convenable qu'un homme tel que vous la reçoive chez lui... »

Pierluigi ajuste sa cartouchière et patiente ; le curé est comme ça, ce n'est pas lui qui va le changer : « C'est une femme intelligente, différente de celles qu'on rencontre ici, don Càvili. Elle sait lire et elle lit, elle s'habille à la mode de la ville, elle parle italien, elle est informée sur le monde. Je ne suis pas son mari et je n'ai pas à surveiller sa moralité. Elle s'occupe de mes patientes et aborde avec elles des sujets dont les femmes, d'habitude, ne parlent pas ; elle les a même convaincues d'accoucher dans un lit, comme dans les hôpitaux, plutôt que sur des nattes crasseuses, comme les chattes. Et puis, elle aussi, elle est préposée aux chiffres du village... mais seulement pour ce qui concerne les recettes. Préposée à l'État des âmes.

– Excusez-moi, j'étais venu vous inviter à ma table et non vous sermonner. Je suis seul, mais si vous avez déjà disposé...

– Je vous remercie, don Càvili, ce sera pour dimanche prochain. »

Le prêtre retourne à l'église. La route ne cesse de monter, et il s'arrête de temps à autre pour regarder le mont Idòlo qui obstrue le ciel et enserre le village ; puis il regarde la mer, au loin, comme une porte ouverte par où respire Abinei.

C'est vrai, toutes ces cigales, aujourd'hui, pour endormir la journée.

2

Dans la sacristie, Saturnino a préparé les parements de l'autel, et cet ostensoir dont Càvili est très fier car il se distingue de tous les autres : c'est une sorte de petit temple devant lequel deux anges montent la garde, œuvre d'un argentier de la ville, il y a trois siècles.

En s'habillant, il pense : Piccosa Spìtzulu est enceinte. Un de mes paroissiens va disparaître. Qui ? Le curé, peut-être... J'ai cinquante-deux ans... je me sens vigoureux... mais il suffit de si peu... »

Maria Elèna entre : « La veuve du notaire Demuro veut vous parler.

– Qu'elle entre, qu'elle entre. »

Milena Arras a soixante-dix ans passés, elle porte l'éternel noir du veuvage, est grande, droite, et s'en va munie, assurément pas par nécessité, d'une canne qui est son prolongement naturel et qu'elle considère comme une articulation supplémentaire, un signe de distinction, et avec laquelle elle tient à distance les êtres et les choses. Sa voix est aussi râpeuse qu'une lime : « Bonjour, don Càvili. Je ne vous retiendrai pas longtemps, vous devez dire la messe dans quelques minutes.

– Je vous en prie, donna Milena. »

La vieille reste debout : « Vous savez qu'en 1868, il y a vingt-quatre ans, mon pauvre mari » – en prononçant ce *mon,* elle fait grincer son dentier de colère et un tremblement se propage de ses boucles d'oreilles jusqu'au bout de sa canne – « fit don à la commune de quelque trois cents lires pour la reconstruction de l'église San Basilio Ferrino, projet qui fut confié à maître Cima, qu'on fit venir de Cagliari. Mon mari vit les plans et fut très enthousiaste. Les travaux commencèrent, mais Sebastiano mourut et le chantier n'est toujours pas fini.

– Vous savez que, en vingt-quatre ans, les prix ont augmenté... et puis, veuillez m'excuser, mais je connais parfaitement cette affaire.

– En effet. Mais ce n'est pas vraiment de cela que je veux vous parler. J'ai simplement souhaité vous rappeler les mérites de ma famille.

– Ce n'était pas nécessaire, mais poursuivez. »

Milena Arras s'approche du prêtre, qui est déjà vêtu pour dire sa messe, et lui lime une oreille : « Je réclame justice !

– Vous me la réclamez à moi ? »

Le dentier grince plus fort encore :

« Je réclame justice au ciel !

– Ce n'est pas moi qui la rends, et vous pouvez vous adresser directement au ciel, donna Milena, par vos prières. Mais à propos de quoi réclamez-vous justice ?

– Sebastiano m'a tout laissé, vous le savez. Et vous savez également – ne le niez pas, ce serait inutile, tout le monde était au courant – que je ne suis pas la seule femme que Sebastiano ait aimée. Il y a l'autre, cette Teresa Bidotti. » Elle regarde ses vêtements : « Cette robe noire, je la portais déjà bien avant la mort de Sebastiano. »

Don Càvili ne répond rien et écoute la vieille femme desséchée par un excès de bile.

« Et vous savez que, quand Teresa est morte, foudroyée par cet éclair que le ciel lui avait décoché en rase campagne, elle a laissé une fille, Graziana, et un pauvre imbécile de mari...

– Graziana est une brave fille, dévote, travailleuse et réservée. Son bienfaiteur l'a fait étudier... elle est belle, mais ce n'est pas une faute... et le mari de Teresa est une âme honnête...

– Elle est belle parce qu'elle ressemble à son père, à celui que vous appelez son bienfaiteur, à mon » – nouveau grincement de dentier – « Sebastiano. Si elle est honnête, ce qui reste à prouver, elle le doit aussi au sang paternel.

– Qu'attendez-vous de moi, donna Milena ? »

Elle marque une pause, la colère l'agite mais la fait se tenir de plus en plus droite : « Il faut que vous parliez à Graziana pour la convaincre de renoncer à tout droit sur l'héritage qui, après ma mort et selon les volontés de Sebastiano, doit lui revenir.

– À Graziana ? C'est ce qu'a stipulé le notaire Demuro ? Que tout revienne à Graziana ?

– Vous l'ignoriez, n'est-ce pas ? Nous n'avons pas eu d'enfants. Mais je ne peux pas supporter que tous mes biens aillent à une bâtarde !
– Surveillez vos paroles, vous êtes dans une sacristie...
– Écoutez-moi bien : je veux que tout revienne au diocèse, à nos églises !
– Au diocèse ?
– Si Graziana recueillait cet héritage, elle en déposséderait Dieu ! Je ne mourrais pas en paix, je serais peut-être même privée de la grâce divine. Les landes d'Aredabba, où Sebastiano m'emmenait à cheval quand j'étais jeune... »

Don Càvili essaie d'imaginer Milena à cheval, agrippée aux épaules de Sebastiano, mais il n'y parvient pas. Milena tremble, furieuse, oscille jusqu'à la pointe de sa canne, mais reste debout et poursuit en fermant les yeux : « ...les landes d'Alantini, la vallée des Diciotto, Mundulei, et je peux continuer... des vignes, des oliveraies... des vaches, des brebis... vous vous rendez compte... tout cela pour le diocèse ! J'ai couché ces volontés par écrit, mais cela ne suffit pas. Sebastiano a bien fait les choses, il était habile... Il faut que Graziana renonce, elle doit renoncer. Vous recevrez la plus grande donation de toute l'histoire du village, et je me vengerai de cette putain de Teresa Bidotti.

– Milena Arras ! »

Mais, désormais, Milena n'est plus mue que par une force unique, cette idée d'inflexible légalité qui pourrait même renverser le prêtre sur son passage. Càvili a l'impression que quelque chose l'a effleuré il se retourne et ne comprend pas. La vieille femme tremble de plus en plus : « Je voudrais pouvoir lui dire, quand je la retrouverai dans l'au-delà, que, sur terre, sa fille est dévorée par les puces, comme sa mère, qu'elles lui sucent le sang, celui que mon mari lui a donné parce qu'il n'arrivait pas à le renouveler en moi ! »

Saturnino entre à ce moment. La femme pointe sa canne vers lui, on dirait un énorme index, et elle le griffe d'un cri : « Toi aussi, Saturnino, toi aussi tu es témoin ! »

Le sacristain regarde son curé, lequel ne voit, en Milena, qu'une vieille femme empoisonnée par son aigreur, il essaie de la calmer et la prend par les mains : « Donna Milena ! Vous avez dépassé les bornes ! Nous devons tous réfléchir. Je passerai vous voir, cette semaine. Pour l'instant, rejoignez votre banc dans l'église, priez et demandez pardon pour les mots qui sont sortis de votre bouche. La colère est un péché capital. Regardez : vous en tremblez. Priez, et souvenez-vous que votre canne ne peut pas gouverner les événements. Ce n'est qu'un bout de bois. »

Elle referme la bouche, comme les valves d'une huître, et s'en va.

Il reste dix minutes avant la messe de don Càvili, et il les emploie à compter les hosties : cent soixante-quatre, le compte est bon.

Quand vient le moment du sermon, il monte en chaire, hume l'odeur du bois de genévrier et commence en italien, martelant ses mots, articulant exagérément : « Aujourd'hui, je vous parlerai brièvement du fait que nous n'apprécions pas à sa juste mesure ce qui nous est échu, précisément parce que nous sommes habitués à en disposer. »

Bardilio Lai, sur son banc, s'agite et demande à ses voisins des explications qu'ils sont incapables de lui donner. Càvili s'en aperçoit et, dépité, se résigne à poursuivre son sermon dans le dialecte mi-latin mi-espagnol des prêches.

Il hausse le ton et rappelle que, dans ce malheureux village, tout est immobile, que, chacun en est convaincu, les choses doivent forcément être ce qu'elles sont. Pour certains jeunes, cette quiétude est synonyme d'ennui, mais ils ont tort.

Du haut de la chaire, il se penche sur l'assemblée, sa voix monte jusqu'au cri, il dit que la nature, ici, aime tout le monde, que chacun a un toit pour se protéger de la pluie, du bois pour se chauffer, de la nourriture et du pain blanc. Puis il se calme et demande aux paroissiens des premiers rangs d'essayer, ne serait-ce qu'un instant, d'imaginer qu'ils sont d'un coup privés de ce qu'ils ont. Personne ne dit mot. Il pose de nouveau sa question, mais personne ne répond.

Gaetano Lèpore, un berger d'une quarantaine d'années, qui ne rentre au village que le dimanche, a du mal à approuver, et, pensant aux nuits passées à la belle étoile, aux bêtes qu'on lui vole, à la variole, à la sécheresse, au prix du pâturage et aux mille autres souffrances de son existence, il n'arrive pas à imaginer un monde pire.

Don Càvili s'aperçoit qu'il ne touche pas le cœur de ses paroissiens et qu'il parvient à grand-peine à leurs oreilles. Il voit Milena à son banc, agenouillée comme un criquet, et, plus loin, il reconnaît aussi la lumière de Graziana.

Il abrège son sermon et, tandis qu'il conclut son discours sur la sérénité du village, il pense encore : Piccosa enceinte ! J'ai réfléchi. Les chiffres taillent la réalité comme un vêtement, directement sur chacun d'entre nous.

Quand il élève l'ostensoir – qui est le trésor du village –, les petites colonnes et les anges d'argent jettent un mélancolique éclat, et Càvili le tend aussi haut que possible au-dessus des têtes inclinées.

Puis tous font la queue pour recevoir l'hostie – Milena en premier –, et, tout en leur donnant la communion, il les regarde les uns après les autres. Peu de chemises blanches, beaucoup de mains noires, peu de savon de Marseille et, répandue dans toute la nef, cette odeur aigre dont le berger est imprégné.

Le rosaire de Milena Arras, de corail et d'or, est le seul luxe de la communauté. Graziana, trop belle, la seule exception à la nature ladre du lieu.

À midi trois quarts, la messe est dite et les villageois, silencieux, retournent s'enfermer dans leurs maisons.

« Don Càvili, pour qui elle se prend, cette Milena Arras ? La vieillesse ne lui a même pas appris la modestie. Des nobles, les Arras ? Avec l'agenouilloir du prie-Dieu rembourré... je te le lui remplirais de clous, moi. D'où elle sort, cette noblesse-là... »

Le prêtre est de méchante humeur : « Maria Elèna, voilà que tu t'y mets, toi aussi ! C'est donc vraiment un village de querelleurs et de miséreux, qui, comme tous les miséreux, sont prompts à haïr ceux qui s'intéressent à leur misère. Occupe-toi donc de tes affaires, et de rien d'autre. Rentre chez toi et récite quelques prières, à voix basse, en guise de pénitence. »

Il regarde le ciel venteux, dénué de ces vapeurs venues de la terre qui le salissent, le mouvement obstiné des chênes, et il déjeune en silence.

Il a devant lui un après-midi de lecture, mais, lorsqu'il ouvre son livre, son attention se distrait : ils ne sont que quinze à savoir lire et compter. Un diplômé pour tout le village. Aucune curiosité qui dépasse notre route de l'ouest. J'ai peut-être la manie des chiffres, mais, si le village était plus peuplé, s'il était situé au bord de la mer, les gens seraient différents et tout se passerait d'une autre manière.

Il se plonge dans la lecture du livre du chanoine Cocco sur l'invasion du Maure Mugahit, prince de Denia, qui marque la naissance de tous ces villages du diocèse, cachés par peur dans la montagne, et qui y sont toujours huit siècles plus tard, comme si personne ne les avait avertis que les Maures ne sont plus maîtres de la mer.

Toutes ces cigales, ce n'est vraiment pas normal en mai, ce bruit arrive comme une vague. Ça va finir en invasion.

Il repose son livre et pense : Ainsi, tout n'a pas

toujours été immobile ici. La porte de la mer ! Ce pauvre Domingo Bonano, par exemple, réduit en esclavage par les Arabes... quelle vie a-t-il eue... il se sera converti... il aura aimé une musulmane... tout était imprévisible à cette époque... aujourd'hui, tout s'est arrêté, mais on sent encore de la férocité chez ces gens...

Il ne poursuit pas sa lecture, car, comme il a mangé une poule à lui tout seul et bu deux verres de vin, le sommeil a raison de lui. Avant de fermer les yeux, il se retourne d'un coup, parce qu'il y a quelque chose, mais il ne voit rien, il abaisse les paupières et s'endort.

3

« Don Càvili, don Càvili, Milena Arras se meurt ! »
Il se réveille, se lève, s'asperge le visage avec l'eau de la cuvette, et, malgré ses cinquante-deux ans, remonte au pas de course le raidillon qui mène à la grande maison de Milena. La vieille femme, cheveux dénoués, se tord dans son vaste lit. Le lin des couvertures est taché par un suc couleur ardoise qu'a vomi la femme qui gargouille : « J'ai peur, j'ai peur ! Maman, à l'aide ! »
Cette peur, qui est sortie de terre pour la saisir, laisse l'empreinte de sa grimace sur sa figure au moment de son brusque trépas, sans aucun signe de résignation, sans un petit coin du visage qui dise : *Voilà, je me suis laissé emporter, je m'en vais, je m'en vais...*
Don Càvili clôt ses paupières écarquillées, et elle sursaute : quelqu'un vient de lui ôter à jamais la lumière et la priver du monde des vivants, mais sa rébellion se borne à ce réflexe.
« Pauvre femme ! Elle est morte tourmentée par la terreur et la colère, regardez ce masque ! » Deho-

nis est arrivé au moment où elle rendait le dernier soupir.

« Comme tous ceux qui meurent dans ce village, docteur, et dans bien d'autres villages.

– Sauf ceux qui sont tués par le plomb d'un fusil, car ils n'ont pas le temps. Quoi qu'il en soit, don Càvili, tout est en ordre : donna Milena et l'enfant de Piccosa équilibrent les comptes. » Mais, malgré ses traits d'esprit, chaque fois qu'il se trouve devant un mort, Dehonis est pris du désir d'aller se réfugier dans la forêt.

« Ne plaisantez pas devant la défunte. Je n'ai même pas eu le temps de lui administrer les derniers sacrements. Pauvre femme, elle n'a laissé aucune trace d'elle ; sans enfants et avec un mari qui, pendant des années, allait chercher consolation auprès d'une autre. Il ne reste que cette canne qui la distinguait des autres au village. »

Ils regardent le grand lit inutile et se taisent.

Pendant toutes les nuits que Milena et son mari y avaient dormi, ç'avait été un lit de souffrance, où les misères du corps se transformaient en châtiments et en rancœurs ; avec le temps, le moindre geste, la respiration, l'existence même du voisin étaient devenus insupportables. L'intimité conjugale. Milena et le notaire avaient si peur de se voir le matin qu'ils se levaient à des heures différentes, décalant leurs journées autant que possible. Mais lorsque, le soir, il se retournait vers le mur, quand Milena retirait les épingles de ses cheveux, le regret d'une autre vie se muait en une douleur de poitrine qui, un jour, l'avait brusquement foudroyé dans la rue. Le bruit des épingles que Milena déposait sur la table de chevet, ses cheveux dénoués comme un bouquet de serpents, les prières qu'elle ne murmurait même pas mais qu'il devinait au mouvement des lèvres, accroissaient sa douleur. C'est ainsi que, pendant trente ans, il avait pensé chaque nuit aux cheveux de Teresa qui, lorsqu'elle les dénouait, flottaient dans l'air. Et quand, sous les draps, l'odeur de Milena lui parvenait aux narines, il retenait sa respiration. Il était donc mort avant son heure, pendant que Milena avait continué de respirer et de se mouvoir, triomphatrice, dans ce lit fossile comme le village et où la mort, aujourd'hui, a tout égalisé. C'est pourquoi ce lit est beaucoup plus dur qu'une tombe, car une tombe, au moins, scelle parfois l'union d'un couple.

Ils recommencent à parler à voix basse, comme pour ne pas être entendus de Milena : « Nous avançons dans l'ombre, Dehonis, chacun sur son lopin de terre. Cette femme a communié, mais elle buvait du fiel chaque jour... pauvre vieille.
– Teresa Bidotti aimait vraiment le notaire Demuro. Je l'ai soignée, les dernières années, et je peux vous l'assurer, don Càvili. Et il le lui rendait bien. Et Graziana a pris ce que chacun d'eux avait de meilleur. Le mari de Teresa lui-même, ce cœur simple, l'aime tout en sachant qu'elle n'est pas sa fille. Certes, elle est trop belle pour Abinei et cela peut lui nuire. »
Càvili chuchote : « Saviez-vous, docteur, que, à la

mort de Milena Arras, tout ce qu'elle possédait devait revenir à Graziana ? Le saviez-vous ? »

Pierluigi répond lentement : « Non, je l'ignorais, mais je vois dans ces dispositions une certaine justice. Loué soit le notaire ! Ce doivent être ses ancêtres espagnols, assurément pas ceux qui venaient de ces montagnes, qui l'ont fait si bon et si noble !

– Oui, ses manières étaient empreintes d'une certaine noblesse. »

Dehonis change de ton : « Excusez-moi, don Càvili, je dois jeter un coup d'œil sur la morte : je suis intrigué par ce liquide noir répandu sur le lit. Mais il faudrait la nettoyer un peu. Les femmes pieuses ne manquent pas dans notre communauté, elles n'attendent même que les occasions de prouver combien elles sont pieuses. Vous les entendez ? Elles sont déjà là, à marmonner leurs formules. Elles sont pressées... elles sont païennes, don Càvili, vous le savez bien. »

Il se tourne vers la porte : « Aleni et Comida, lavez-la et ne la rhabillez pas tout de suite. Non, don Càvili, ne partez pas : avec qui parlerai-je, sinon ? »

Les deux femmes entrent, obéissantes, et se mettent au travail, dans un bruissement endeuillé, sans jamais regarder Milena, comme si elles pétrissaient du pain. Elles la déshabillent, la lavent et l'allongent sur la table du séjour, les mains le long des hanches, sous une lampe à gaz qui jette une lumière vive.

Don Càvili pense au discours qu'elle lui a tenu, quelques heures plus tôt dans la sacristie. La solitude, la colère, la souffrance, et la trahison subie trente ans auparavant, sa haine pour Teresa qu'elle avait reportée sur Graziana et l'attachement aux biens terrestres ont marqué la vie de la vieille Arras ; on lit encore leur marque sur son visage déformé.

Milena a toujours eu un corps sec, même quand elle était jeune ; son mari considérait que cette chair était si pauvre en eau qu'il devait s'agir d'une sécheresse constitutive de sa femme.

« Qu'est-ce que c'est que ça ? » se demande le médecin en changeant d'expression.

Sans savoir pourquoi, le curé, lui aussi, se rembrunit.

Pendant un quart d'heure, Dehonis travaille en silence ; par moments, sa respiration se fait haletante. Puis il fixe du regard la grimace de Milena et dit lentement : « Don Càvili, je vous demande toute la discrétion dont vous êtes capable. Il faut que je parle à quelqu'un et vous êtes celui en qui j'ai le plus confiance. Je ne peux pas garder ce soupçon pour moi !

– Quel soupçon ? » Le curé se découvre en état de péché, parce qu'il veut savoir, savoir sans attendre, et que cela paraît discordant avec la sévérité de la mort qu'il a devant lui. Il se signe sept fois.

Pierluigi n'y prête pas attention, il sait que le prêtre cherche toujours un nombre dans les choses, mais pour l'instant c'est à la mort qu'il pense : « Voyez-vous la langue noire de Milena ? »

Il abaisse sa mâchoire inerte et, à l'aide d'une de ses pinces, lui tire la langue à l'extérieur : elle est du même noir d'ardoise que les taches sur les draps.

« Voyez-vous ce thorax distendu, comme si un gaz le remplissait de manière artificielle ? Et cette écume noire à l'intérieur du nez ? Entendez-vous le bruit que fait la peau du buste quand on la presse légèrement : comme un crépitement, vous entendez ? Et cette odeur amère qui a envahi la pièce ? »

Don Càvili est habitué à la mort, même à la plus violente, mais pas à cette exposition d'un corps. Entendre Milena, qui, il y a quelques instants encore, était Milena, considérée et décrite comme un objet, lui donne une sensation de vertige et il s'appuie au mur pour ne pas tomber.

Dehonis s'en aperçoit : « Tenez, voici une bouteille de rossolis. La défunte ne se formalisera pas si j'en sers un peu à son confesseur. Voici, buvez. »

Il avale trois petits verres de la taille d'un dé à coudre, il pousse un long soupir et retrouve la parole : « Que voulez-vous dire, Dehonis ? Ce que j'ai soupçonné et qui m'a fait flancher ? Voulez-vous dire qu'il ne s'agit pas d'une mort naturelle ? Parlez !

– C'est un soupçon, un soupçon qui se fonde sur quelques indices que je constate et que je ne peux pas feindre de ne pas voir.

– Mais avez-vous conscience des conséquences que cela pourrait avoir ?

– En partie, oui. Surtout dans un village habitué à voir des morts assassinés par des anonymes dissimulés derrière un rocher. Je n'ai vu qu'une seule fois, il y a dix-sept ans, un mort, tué à coups de couteau, que son assassin avait eu le courage d'affronter en face. Si cette mort n'est pas naturelle, elle n'est pas, en tout cas, l'œuvre d'un animal. Un être intelligent...

– Et mauvais...

« – ...et mauvais, certes, très méchant, a projeté et commis un assassinat avec l'intention de ne pas nous faire savoir qu'il s'agissait bien d'un homicide, tandis que, par ici, quand on tue, on veut que tout le monde comprenne. Mais seule une autopsie... Il faudrait des yeux plus experts pour pénétrer dans les secrets de cette mort...

– Une autopsie ? Voulez-vous dire qu'il faut taillader le corps de cette malheureuse femme pour rechercher quelque chose que vous n'êtes pas sûr de trouver ?

– Milena Arras n'est plus, elle n'est ni heureuse ni malheureuse, elle n'existe plus et ce que nous voyons là n'est qu'un récipient, une coquille, une boîte.

– Dehonis !

– C'est sa mémoire, oui, que nous pouvons préserver en recherchant la vérité. Elle serait contente... »

Don Càvili fait ce qu'il n'avait pas encore fait : il s'agenouille devant la morte et prie avec énergie ; mais ses mains se sont jointes avec colère.

Pierluigi Dehonis rédige deux télégrammes.

Dans le premier, adressé au tribunal de Nunei, il demande l'intervention du magistrat de ce village, le centre du diocèse, qui accueille la caserne des carabiniers, l'armée royale et autour duquel gravite toute la vie du district ; le second est adressé à son ami Efisio Marini, son camarade de faculté à Pise, aujourd'hui médecin disséqueur fameux pour sa capacité à pétrifier les cadavres et à les rendre au besoin – mais ses ennemis ont en vain demandé quel pouvait être ce besoin – de nouveau flexibles. Marini recompose en effet une matière vouée au désordre absolu.

Ils ne se sont pas vus depuis plusieurs années, car le pétrificateur vit à Naples. Mais Pierluigi a appris, par une lettre d'Efisio, que, de mai à septembre, il serait à Cagliari et qu'il aimerait revoir son vieux camarade. Voilà une occasion toute trouvée.

Le lundi, le Parquet royal de Nunei dépêche un capitaine des carabiniers : un Génois de trente-deux ans, Giulio Pescetto, les yeux clairs, un beau visage sans aspérités et que le service au grand air a bronzé. Il arrive avec trois hommes d'escorte, trois indigènes aux yeux, aux cheveux et à la peau de charbon.

Le capitaine descend dans la seule pension d'Abinei, une chambre sombre avec une fenêtre grillagée, qui semble s'enfoncer au centre du village, attendre même de s'y enfoncer un peu plus.

Depuis dimanche, Pierluigi Dehonis s'est occupé, avec Antonia Ozana, de préserver Milena de la décomposition. Il l'a transportée dans son magasin, il a fait apporter une grande quantité de glace du mont Idòlo, l'a placée dans un grand cercueil profond, à moitié rempli de glace, et il l'a encore recouverte de glace. L'eau s'écoule à travers les planches du fond et, toutes les quatre heures, à tour de rôle, Dehonis et Antonia Ozana remplacent la glace fondue, vérifient la couleur et l'odeur de Milena. Ils font cela pendant un jour et demi. C'est le temps qu'il faut à Marini pour arriver de Cagliari dans son rapide cabriolet.

Mardi, à dix heures du matin, par une matinée claire, si nette qu'on peut compter les feuilles des arbres, on aperçoit dans la vallée le cabriolet d'Efisio Marini, comme un petit point poussiéreux qui ne cesse de grandir et de se rapprocher. Il arrive, accompagné de trois soldats à cheval qui l'ont protégé des bandits de la montagne.

Sur le parvis de l'église en reconstruction, Dehonis, le capitaine Pescetto et le prêtre Càvili sont venus l'accueillir.

Les deux vieux amis de l'université n'ont pas de mal à se reconnaître ; les rides n'ont pas modifié leur physionomie. Efisio est mince et nerveux, les cheveux encore noirs, lisses et ordonnés, le teint olivâtre, les yeux perçants et sombres, droit et élégant malgré la poussière du voyage. Il décharge lui-même trois boîtes métalliques scellées et vérifie qu'elles n'ont pas été abîmées. Pierluigi et lui se donnent une poignée de main et pensent, sans le dire, qu'elles sont devenues osseuses. Puis ils s'embrassent et sentent encore des os. Ils ne se regardent pas longtemps.

« Bienvenue à Abinei, Efisio, as-tu fait bon voyage ? Par ici, l'on peut faire de mauvaises rencontres...

– *Virtus recludit immeritis mori caelum...* la vertu veille sur moi, mon ami ! »

Maria Elèna est présente, elle aussi, par curiosité,

et elle pense que le dialecte de la ville est différent de celui du village, cependant que don Càvili n'apprécie pas tant d'ostentation.

« Quel air revigorant ! Au milieu de ces montagnes, mon esprit s'est senti plus grand... Je propose que nous nous mettions à l'œuvre sans tarder », dit Marini aussitôt après les présentations.

Une demi-heure plus tard, le corps glacé de Milena Arras gît sur la table du magasin.

Efisio a endossé sa longue blouse d'officiant. Peut-être conviendrait-il de commencer par une prière, mais il n'a jamais été capable d'en prononcer une, pas même quand il était élève chez les piaristes.

« Bravo, Pierluigi, elle est bien conservée, presque intacte. Nous allons faire du bon travail. Tâchons d'être précis, même ici, au milieu des bois. Que fais-tu ? Tu écris ? Non, non, tu vas m'aider. Le capitaine prendra note, puis il conservera le document. »

Antonia Ozana apporte deux lampes à gaz et le corps verdâtre se trouve éclairé sans pudeur. Puis il ouvre les fenêtres, car l'odeur est insupportable.

Don Càvili sent qu'en lui la piété se débat contre la curiosité et, une fois encore, il a l'impression d'être en état de péché.

Le capitaine Pescetto se tient debout, un cahier à la main, prêt à écrire.

Toutes ces lampes projettent beaucoup d'ombres et Efisio, au centre, en fait plus encore.

Méthodique, habile, voire suffisant – c'est, en tout cas, l'opinion du prêtre –, Marini commence son travail en incisant d'un seul mouvement, comme un large coup de pinceau, le buste gelé de Milena, traçant, du menton au pubis, une ligne qui, aux yeux de don Càvili, est une indélébile marque d'infamie.

L'opération se poursuit et chaque entaille est accompagnée d'observations qui, par moments, au grand étonnement du curé, ont presque l'air poétiques. Le capitaine prend note. Peu à peu, chacun oublie sa répugnance pour l'odeur, sa pitié, sa peur devant la mort, l'horreur que lui inspire la fin de Milena, et se laisse emporter par l'envie de connaître la cause cachée qui a immobilisé ce corps. Si l'on savait, l'épouvante s'éloignerait un peu : c'est pour cela qu'ils sont là, Marini en a bien conscience.

Soudain, Efisio s'interrompt, se redresse et regarde un petit objet noir qu'il approche d'une lampe : « Voilà, voilà l'explication, c'est bien cela ! »

Il a ouvert l'estomac et, à l'intérieur, les sucs couleur ardoise, la couleur de cette mort, ont érodé une fine rondelle noirâtre, unique contenu de la poche flasque.

« De l'acide psammique dans l'hostie consacrée ! Je n'en reviens pas ! Quelle fin cruelle, quel criminel ! Vous avez dit que la pauvre vieille avait communié peu avant d'avoir son malaise, n'est-ce pas ? Eh bien, en voici la cause !

– Expliquez-vous ! dit Pescetto.

– Il faut que j'ouvre le crâne ! C'est là que nous observerons la cause de la mort de cette pauvre femme ! Dans le crâne ! »

Une fois le crâne ouvert, ce n'est pas seulement l'âme colérique de Milena qui s'exhale, mais aussi, comme Càvili l'avait deviné, le tempérament d'Efisio : « Plus aucun doute ! Vous voyez toutes ces petites taches noires sur le cerveau, cette espèce de ciel étoilé à l'envers ? C'est l'effet de l'acide psammique ! Il a bloqué toutes les activités de la vie commandées par la tête ! La mort dans l'hostie consacrée ! C'est démoniaque ! *Venena colcha...* »

Pescetto interrompt la citation : « Vous voulez dire que cette malheureuse est morte parce que quelqu'un lui a administré une hostie empoisonnée ? Que ce drame a été provoqué par un soupçon de poison enfermé dans un petit disque de farine ? »

Marini semble boire du petit-lait tandis qu'il remet l'os et le cuir chevelu sur la tête de Milena et qu'elle retrouve cette grimace à laquelle, maintenant, plus personne ne prête attention : « C'est exactement ce que suspectait notre cher Dehonis. Compliments, Pierluigi ! Certes, tu ne pouvais savoir de quelle manière cela s'était passé. Il nous reste à vérifier l'hostie, mais je crois qu'il ne subsiste aucun doute. »

Don Càvili, dans un coin, loin des lampes, pleure : « Et je suis le gardien d'une âme capable d'une telle cruauté ! Je me suis trompé, mais en quoi ? C'est comme si cela était entré en moi ! »

On frappe à la porte. C'est Baime Spìtzulu, le mari de Piccosa qui crie : « Antonia Ozana, on m'a dit que vous étiez là. Excusez-moi, mais il faut que vous veniez vite chez moi : Piccosa a les douleurs ! »

Antonia recouvre aussitôt, comme si elle l'avait simplement rangée dans sa trousse, l'énergie perdue au contact de cette mort qui l'avait intimidée,

elle sourit, fronce le nez, entrouvre la porte et répond : « Je suis chez toi dans dix minutes. Va vite préparer ta femme. Déshabille-la, elle ne doit garder que sa chemise, et fais-la coucher.
— J'ai vraiment besoin de la déshabiller ?
— Bon sang, tu t'y connais, toi, dans ces choses-là ? Fais ce que je te dis !
— Elle va accoucher avec les chaises sur le tapis ?
— Non, au lit, elle va accoucher dans son lit. Allez, dépêche-toi. »

L'accoucheuse sort, sa petite valise à la main, emportant aussi son sourire : « Une nouvelle âme, monsieur le curé, une nouvelle créature. Je vais maintenir l'équilibre, c'est aussi mon devoir, et pas seulement le vôtre... »

Don Càvili n'entend pas et, pendant que Marini recoud soigneusement la dépouille, il répète : « C'est moi qui la lui ai donnée ! Je lui ai mis ce poison dans la bouche, qu'elle ouvrait pour être en état de grâce ! Moi, son curé ! J'ai été la cause de cette mort horrible ! »

Quand Efisio a terminé, il retire la grande blouse qui le recouvrait du cou aux pieds, il s'adresse au prêtre avec un beau sourire, le premier depuis qu'Antonia a emporté le sien : « Pardonnez-moi, mon père. Tenant pour acquis que vous n'avez été qu'un instrument de cet assassin imaginatif, lequel s'est servi de vous comme d'un pistolet ou d'un couteau, et considérant que vous n'êtes pas plus coupable que le pistolet ou le couteau, je vous demande de reconstituer avec nous la route qu'a suivie cette hostie, étape par étape, sans négliger aucun détail, puisque, croyez-le bien, c'est dans les détails que se tient le diable.

– Montons parler de cela à l'étage, nous serons plus à l'aise et pourrons manger un morceau, la chère lutte contre la mort, mais l'emporte toujours sur les vivants », suggère Dehonis, et tous, même le curé, acquiescent.

Dans le séjour, l'odeur de la nourriture et le vin – vin blanc, pour complaire à Efisio – dissipent ce parfum d'au-delà dans lequel ils se sont aventurés, éprouvant à chaque entaille l'étreinte de la mort et se sentant de plus en plus fragiles à mesure qu'ils progressaient, guidés par la lame tranchante d'Efisio, dans l'obscurité du corps de Milena. Que d'ombres à l'intérieur de l'homme, avait pensé Pescetto ; mais la même réflexion sur la lumière qui s'arrête au seuil des corps avait traversé l'esprit de chacun, quoique sous des formes différentes. D'où la nécessité du vin blanc.

Càvili a miré le vin à contre-jour et en a avalé un verre : « Le docteur Pierluigi connaît ma manie des chiffres... je compte toujours les hosties, les communiants, les fidèles à l'église... Dimanche, j'avais préparé 164 hosties, ma servante les a comptées, elle aussi...

– Nous n'avons pas besoin que d'autres nous le confirment, votre parole nous suffit, don Càvili, intervient Dehonis.

– Qui vous a fourni les hosties ? demande Pescetto.

– Espis, le boulanger.

– J'irai l'interroger.

– Inutile, capitaine ! Le boulanger assassin ? » dit Marini, mirant lui aussi le vin devant la lampe allumée. « Interrogez-le si vous voulez, mais je crois qu'il ne sait pas grand-chose sur l'acide psammique et qu'il ne sera pas très ferré sur le sujet. Don Càvili, dites-nous plutôt : vous avez 164 hosties, et vous les avez, comme on dit, mises dans la bouche de 164 fidèles. Posons-nous donc la question suivante : comment celle qui contenait l'acide psammique a-t-elle pu se retrouver dans la bouche de la défunte ? Gardez-vous toujours vos hosties dans le même calice ? Il doit être fort grand pour les contenir toutes.

– Oui, je les garde toutes dans le même ostensoir. Il est grand, haut de six pouces, et il n'a pas exactement la forme d'un calice.

– Et Milena Arras a communié avec les autres paroissiens ?

– La première, comme toujours. C'est une sorte de droit que tout le monde lui reconnaît, un privilège...

– La première ? Voilà qui est intéressant. Et avez-vous pris au hasard la première hostie dans le calice ?

– Oui, au hasard, bien sûr.

– Et comment se fait-il que personne ne se soit aperçu qu'il y avait une hostie noire ? demande Pescetto.

– Parce que l'acide psammique est incolore : il ne

devient noir qu'au contact des sucs de l'organisme, et l'assassin le savait, c'est sûr. »

De la lumière, il faut plus de lumière, et on avive les flammes. Efisio Marini s'assied, couvrant ses oreilles de ses mains, pour mieux entendre ses propres ruminations : « Ainsi donc, c'est l'assassin qui a disposé les hosties ! Il a trouvé un moyen de les ranger qui rendait très probable, puisqu'il ne pouvait pas en être sûr, que la première serait celle qui était mortelle... Puis-je voir votre calice, don Càvili ?

– Bien sûr.

– Il mesure six pouces, il doit donc être étroit.

– Oui, notre ostensoir est en argent, étroit et haut.

– Cela explique une chose d'une importance absolue pour cette affaire, absolue... l'hostie du sommet... placée là de manière à être prise la première entre le pouce et l'index... c'est ingénieux... par exemple, elle se distinguait par sa taille, et comme elle était au-dessus des autres... c'est à coup sûr celle que la main aurait prise la première.

– Moi aussi, j'aimerais bien voir ce calice », dit Pescetto qui espère profiter de la perspicacité de Marini, de sa capacité à observer les choses : « Allons-y. »

Ils se rendent à l'église en fumant, taciturnes dans l'air du village. Efisio n'aperçoit pas un visage aux fenêtres, n'entend pas une voix, ne croise qu'un homme dans les rues, qui les salue d'un monosyllabe économe.

La nef de San Martino est plongée dans l'obscurité, seuls deux cierges brûlent devant l'autel. Don Càvili, après s'être signé, prend l'ostensoir dans le tabernacle et le tend à Marini, qui l'examine attentivement. Il mesure bien six pouces de haut, il est large d'environ dix centimètres. Le prêtre observe l'argent avec un regard qui n'a rien de mystique, qui pénètre dans la matière, la touche, la caresse et, peut-être, l'aime.

Efisio essaie d'y glisser les doigts : « Il n'est pas très facile d'attraper au fond les dernières hosties, don Càvili. C'est très étroit, et le fond est fort sombre.

– Oh, on y arrive avec quelques petites acrobaties des mains. Que voulez-vous, après tant d'années... »

Efisio essaie encore d'y introduire ses doigts et, en effet, il touche le fond. Son expression change alors, il ouvre la bouche, interdit, et crie d'une voix trop forte pour l'église et pour la flamme des cierges qui vacille : « Une hostie, il reste une hostie ! »

Il la sort.

« Arrêtez ! Ne la touchez pas ! » lui ordonne Pescetto.

Mais Efisio Marini flaire l'hostie et, d'un coup, l'avale. Toujours cette incontrôlable avidité de savoir, à plus de cinquante ans comme à trente.

« Je n'avais pas l'intention de blasphémer, don Càvili. Je n'ai fait cela que pour vous démontrer qu'il n'y avait qu'une seule hostie empoisonnée, et cela m'a paru la meilleure preuve possible. Du reste, l'acide psammique a une odeur caractéristique. Je ne suis pas pressé de quitter ce monde.

– Efisio, es-tu sûr de ce que tu as fait ? » demande Dehonis.

Don Càvili, que ce geste voltairien a rendu furieux, est presque sans voix et tape du poing sur la paume de la main gauche : « Le diable est entré dans le tabernacle à Abinei ! Il y avait 165 hosties dans le calice et celle qui était empoisonnée était au-dessus des autres. Et vous, docteur Marini, vous ridiculisez une tragédie ! Je ne peux pas supporter cela, je ne peux pas... C'en est trop ! » Et il tourne les talons pour s'en aller.

Efisio le retient par le bras. « Il n'y a pas d'acide dans cette hostie. Je sais ce que je fais. Don Càvili, excusez-moi, je vous demande pardon, restez. Je comprends que vous soyez particulièrement ébranlé et que mon geste était déplacé, complètement stupide... »

Marini est trop heureux d'étonner autrui pour y renoncer facilement. Mais il lui arrive de se repentir aussi facilement qu'il s'est laissé aller à son vice. Le prêtre domine sa colère et reste.

« Permettez-moi de vous poser une question, don Càvili, dit le capitaine. Pourquoi utiliser une hostie plutôt que n'importe quoi d'autre, que sais-je, du pain, du lait ? La victime était-elle difficile à atteindre ?

– Je ne sais pas. La vieille Arras était très suspicieuse et peut-être...

– Non, je vais vous le dire, moi, intervint l'embaumeur. C'est le cerveau de l'assassin qui a le goût du meurtre, qui recherche l'excentricité et emprunte des détours au long desquels un esprit sain et linéaire se perd. Voilà l'explication. C'est un homme qui aime les raisonnements alambiqués, tordus comme les branches de ces chênes et qui n'aime pas l'humanité, au contraire, qui déteste la plèbe... »

Dehonis, réfléchissant à part soi et à voix haute, ajoute : « Les coupe-jarrets de nos montagnes auraient choisi la manière plus expéditive et plus simple du fusil. Milena Arras faisait sa promenade quotidienne, et il aurait été facile de la surprendre à ce moment-là. Efisio a raison. Tout ce que nous pouvons conclure de ce crime, cher Pescetto, c'est que nous avons affaire à quelqu'un qui aime régler ses problèmes selon sa folle logique et qui voulait que la mort de Milena paraisse naturelle. Je ne connais personne, dans tout le district, qui corresponde à ce portrait...

– C'est ce qu'on appelle la psychologie criminelle, une nouvelle discipline... », précise Marini, l'index pointé en l'air, ce qui augmente la méfiance du prêtre qui ne supporte vraiment pas ce doigt.

« Bref, c'est un fou ! s'exclame don Càvili, en lançant un regard hostile à l'index d'Efisio. Mais il n'a pas réussi à ce que la mort de Milena paraisse naturelle, toute cette substance noire l'a trahi !

– Peut-être l'a-t-il fait exprès, comme une sorte de signal, de signature..., dit le momificateur.

– Nous savons tous que le diable peut faire les pots, mais pas les couvercles !

– Mais non, capitaine, il semble qu'ici, à Abinei, le diable fasse des couvercles parfaits, si parfaits que j'ai bien peur que nous soyons incapable de voir ce qu'il y a au fond des pots ! » dit Marini en souriant.

Ils passent l'après-midi et la soirée à discuter, et

Efisio abuse de son index savant, ce qui exaspère le prêtre.

Il les invite à dîner, et Saturnino raccourcit d'une dizaine de jours la vie de la seconde poule, destinée, selon les infaillibles calculs de don Càvili, à équilibrer le compte des deux poussins.

Plus tard, Marini et Dehonis s'en vont en fumant dans l'air de la nuit, discutant encore du crime mais sans plus prêter attention à la substance des faits, parce que le vin produit son effet.

Arrivés à bon port, Pierluigi dit à son compagnon, qui s'est déjà laissé tomber tout habillé sur son lit : « Tu trouveras sans doute la chambre bien petite, mais elle est propre et rangée, et il faudra que tu t'en contentes ! »

Efisio, sur le lit, murmure, épuisé : « Quelle importance ? *Parva sed apta mihi !* Pierluigi, nous avons pénétré dans le désordre des idées... mais ne nous inquiétons pas... pour moi, ce n'est pas vraiment du désordre, c'est de la matière qui prendra la forme que saura lui donner le bon artisan... comme le marbre du sculpteur, l'argile du potier, le bois du... » et il s'endort aussitôt : les choses n'ont pas encore pénétré dans sa tête et ne font que graviter autour de lui, sans consistance.

4

Bastiano Pirinconi est le plus âgé des bergers du village et Bastiano Caddori le plus vieux paysan de la communauté. Les deux esprits, pastoral et paysan, ne cohabitent guère en harmonie, mais à l'occasion des deuils, violences, razzias et détroussements, ils s'entendent. Le contrôle exercé par les vieux, qui fument leur pipe, assis sur les escaliers des maisons, sert d'habitude à modérer les agissements des jeunes ; dans les circonstances nouvelles, il devient un bras indépendant de la loi, leur permettant de glaner des informations et de décider ensuite ce qu'il convient d'en faire pour le salut et la paix du village. Mais, dans le cas tragique de Milena Arras, ce système est impuissant et les vieux restent là, inutiles, à fumer, assis sur les marches de pierre. La patience est leur seule vertu et c'est pourquoi ils attendent, attendent, avec l'immuabilité minérale des marches qui les soutiennent.

Le village, par un entrelacs de chuchotements muets, et le capitaine Pescetto soupçonnent Graziana Bidotti. Les villageois à cause de sa beauté et de tout le mal et le secret qui s'attachent à la beauté, le soldat à cause de l'héritage, et il écrit en ces termes au procureur de Nunei :

> ... Bidotti Graziana est la seule héritière de la défunte Arras Milena, laquelle avait exprimé, en opposition au testament de son mari, la volonté de laisser ses biens au diocèse de la région. C'est la raison pour laquelle les soupçons retombent sur la susdite. Par conséquent, il est demandé au procureur royal l'autorisation de procéder à une arrestation préventive...

Dans la salle à manger de la pension, en présence du capitaine, de Dehonis, de Marini et des gardes, se déroule l'interrogatoire de Graziana qui illumine la pièce d'une lumière qui paraît à Efisio celle des apparitions. Elle est si miraculeuse pour le village et pour cette race de corps avares de matière, que tout le monde évite de la regarder dans les yeux.

« Tu sais de quoi tu peux être accusée, n'est-ce pas ?

– Je le sais et n'ai pas peur », et elle fixe l'officier du regard, sans inquiétude et sans dépit. « Don Càvili m'a expliqué que, si je dis la vérité, je serai bien traitée au ciel et sur la terre !

– Bien, dans ce cas, tu seras sincère : détestais-tu Milena Arras ? »

Chez les sœurs du collège de Nuoro, où son père naturel l'avait envoyée, Graziana a pris l'habitude de réfléchir avant de répondre, même si son tempérament sauvage la porterait plutôt à parler d'instinct, sans se soucier de ce que le ciel et la terre peuvent lui réserver, on le comprend à la façon dont elle se penche en avant pour dévisager Pescetto, sans regarder personne d'autre.

« Non, même si j'aurais eu de bonnes raisons pour cela. Vous ne savez pas tout ce qu'elle a fait subir à mon père. Il ne disait jamais rien. Au début, je ne comprenais pas. Et puis, avec le temps...

– Qui est ton père ?

– J'appelle mon père Sisinnio Bidotti. Je porte son nom et il m'a toujours traitée comme sa fille.

– Tu as été instruite chez les sœurs. Parmi les matières qu'on t'a enseignées, y avait-il la chimie ?

– Non.

– Sais-tu ce qu'est l'acide psammique ?

– Non.

– Prends garde à tes réponses.

– Je n'ai peur de rien, pas même de la mort, car je dis la vérité. »

Le carabinier se tait et, pendant un instant, regarde la bouche de la jeune fille. « Sais-tu faire le pain ? » Et il regarde de nouveau sa bouche.

« Oui, bien sûr.

– Et les hosties ?

– Les hosties ? Quel rapport avec le pain ?

– Aucun, aucun... »

L'officier regarde enfin la femme droit dans les yeux et pense aussitôt à sa fiancée lointaine. Quelle différence avec Graziana... L'autre si blonde, soumise et sans secrets... Quand on y songe, on la croirait malade... Son diminutif même, Lilly, paraît exsangue en comparaison... Tandis que ce *grrr* contenu dans le prénom de la jeune fille, comme un grondement... Celle-là a une force en elle, un parfum qu'on sent quand on l'approche, une odeur, une odeur... Mieux vaut ne pas la regarder et ne pas la sentir, mieux vaut l'apparition de Lilly.

« Tu sais que je ne peux pas te retenir davantage. Reste chez toi et attends les ordres ! Tu peux disposer. Sache tout de même que tu es sous surveillance. Attention, Graziana Bidotti ! Tu peux finir en prison et perdre la liberté d'aller par les champs et par les bois ! »

Graziana se lève, sans regarder personne, sort, et la lumière disparaît de la pièce. Pescetto secoue la tête et, par ce mouvement, remet Lilly, abattue comme une quille, à sa place dans sa tête, où elle reparaît bien ajustée, bien coiffée et le cou incliné. Les autres aussi, chacun à sa façon, remettent de l'ordre dans leur tête.

5

Le procureur de Nunei est un juge vaniteux et voudrait – comme pour un procès qui s'est déroulé sur le continent – que Marini laisse la preuve irréfutable que Milena Arras a été tuée par l'acide psammique, que les organes noircis par le poison soient pétrifiés et conservés comme preuve éternelle.

Efisio, lui aussi, est vaniteux comme un papillon et il accepte. Mais il se sent retenu à Abinei par une autre force qu'il lui semble reconnaître mais qu'il ne comprend pas. Il ne pense pas qu'il lui suffirait de se souvenir de sa jeunesse et que tout semblerait plus clair. Sa femme, Carmina, morte depuis neuf ans... mais, bien avant, il avait oublié les vertiges, les rendez-vous muets, l'odeur de fille et toutes ses pensées paralysées quand ils se rencontraient sous un câprier des remparts. La nuque... il ne se souvenait que de la nuque de Carmina, qui, après la mort de leur fils Vittore, avait vécu tournée là où la lumière ne pénétrait pas, et quand il lui apportait son lait chaud au lit, elle le buvait les yeux fermés et se retournait de nouveau. Carmina se posait des questions mais n'avait pas la force de chercher les réponses, et elle croyait que les larmes seraient une juste consolation, mais elle ne pleurait pas. Elle n'avait aucune distraction. Elle ne se lavait plus... une femme venait s'occuper d'elle, chaque jour... les heures passaient, volets fermés... puis elle s'asseyait en face du mur. Pendant longtemps, elle avait eu un livre sur les genoux, mais ne lisait pas. Elle mangeait seule. Elle n'avait plus jamais acheté de vêtements. Une fois, il lui en avait offert un, bleu. Elle l'avait mis, elle avait repassé son manteau et était sortie pour voir la crèche mécanique. Elle était restée là, à l'observer pendant de nombreuses minutes, puis elle s'était évanouie sur les brebis et les bergers. On l'avait relevée, aidée et raccompagnée chez elle : elle n'en était plus sortie.

Maintenant, Efisio sent l'approche de quelque chose... il remarque un changement, mais il ne le comprend pas et continue à s'activer.

Il a retiré de la glace le cerveau, l'estomac et les poumons de l'assassinée, qui, tous, présentent la même couleur d'ardoise ténébreuse. Sur le plancher, il a disposé des boîtes métalliques numérotées et a préparé trois cuvettes d'eau dans lesquelles il place les organes. Dans chaque cuvette, il a dissous trois tasses de poudres diverses, ces poudres qui, mélangées à l'eau, empêchent la dégénérescence des chairs. Pierluigi Dehonis l'a regardé faire, mais pas de trop près : il sait que c'est le secret d'Efisio. Mais il a compris que la première boîte contient du sel de potassium, et il lui semble que, dans la seconde, a été moulue de la silice blanche. Efisio lui a souvent parlé des marnes éblouissantes, en pleine mer, lui a raconté comment il s'y rendait en barque, quand il était gamin. Il en détachait des fragments à coups de burin et en rapportait de pleins sacs à la maison.

  Le secret d'Efisio Marini, a pensé Pierluigi, ce doit précisément être cette silice qui conserve les fossiles : Efisio a réussi à faire advenir, en quelques heures, ce que la nature accomplit par hasard, à son rythme. Oui, pense-t-il encore en regardant son ami qui lui tourne le dos, qui déroule deux longs fils de cuivre et relie deux électrodes à une pile et à une cuvette, il force les événements à se produire. Efisio arrive à Abinei, et les événements se mettent en branle. Il les rend inévitables en les plongeant dans un bain électrique où, aussitôt, ils se contractent.

  Pendant plusieurs heures, il travaille sans s'interrompre, jusqu'au crépuscule. Il aime à voir la chair se muer en pierre à la lumière du soleil. « Lumière idéale, idéale ! »

  On frappe à la porte. C'est Antonia Ozana.

  « Antonia ! Voilà un jour qu'on ne vous a vue ! Avez-vous des nouvelles ? » demande Dehonis.

  Avec un sourire fin, elle s'immobilise au centre de la pièce, une main sur la hanche : « Docteur Marini, vous avez l'air d'un cuisinier devant ses fourneaux...

  – Oh, pour ça, je connais quelques recettes, Antonia. Mais dites-moi, votre accouchement a duré vingt-quatre heures, rien que ça ! » répond Marini sans cesser de manipuler les restes sur le comptoir.

« Non, ce furent deux accouchements de vingt-quatre heures. »

Pierluigi, qui graisse son fusil, s'interrompt et lève la tête : « Deux accouchements ? Diable ! Il y avait donc une autre femme enceinte, en plus de Piccosa ? Pourtant, quand on les interroge, toutes les femmes du village nient attendre un enfant.

– Tu vois, Pierluigi, remarque Marini, même celles qui nient se reproduisent... Tiens, l'estomac commence à changer de couleur... Regarde, on dirait de la nacre... C'est l'électrolyse, les particules se mettent en ordre...

– Piccosa était la seule femme enceinte », dit Antonia, amusée.

Dehonis réfléchit un moment : « Des jumeaux ? Piccosa a donné naissance à des jumeaux ?

– Oui, de beaux jumeaux. Mon Dieu, beaux n'est peut-être pas le mot, on aurait dit deux morceaux de charbon poilus... J'avais coupé le cordon du premier quand les douleurs ont repris et que la petite tête du second est apparue... Piccosa a pleuré de joie, deux membranes et deux autres garçons à la maison... Quand don Càvili saura cela...

– Don Càvili dira que nous sommes débiteurs d'une mort !

– Débiteurs d'une mort ? demande distraitement Marini, sans interrompre son travail.

– Oui, c'est une théorie professée par notre curé, qui mêle la mathématique à tout. Il dit que, chez nous, il est inutile de faire des recensements, car le nombre des êtres vivants d'Abinei est immuable, de par la volonté de Dieu. Pour chaque mort, on compte un nouveau-né. L'idée peut paraître excentrique, mais les chiffres lui donnent raison. On entre par la porte de la mer ; on sort par celle de la montagne. Il suffit de vérifier l'État des âmes depuis qu'existe la paroisse... les registres ne mentent pas.

– Antonia, dit Marini, c'est donc vous qui présidez aux naissances à Abinei et qui êtes garante de l'équilibre entre les vivants et les morts ! Voilà une belle responsabilité, ma foi ! »

Antonia Ozana sourit de nouveau, mais elle est fatiguée, salue et s'en va : « Je rentre chez moi... Nous sommes donc huit cent neuf âmes... Don Càvili doit déjà être au courant... Bon travail, docteur Marini... mais je préfère le mien... »

Les deux amis restent seuls. Par la fenêtre, Dehonis regarde Antonia qui marche droit, même dans la montée.

Marini est satisfait, il en a déjà fini avec l'estomac et continue avec le cerveau de Milena. Comme souvent, il parle de lui-même : « Tu vois, Pierluigi, je vais être sincère avec toi, je ne quitterais Naples que pour une seule raison : si l'on me confiait la chaire d'anatomie à Cagliari. Certes, c'est une université modeste, et, pour beaucoup, ce serait une vraie punition, mais pour moi cela n'aurait pas d'importance... ce qui compterait, c'est que, enfin, on reconnaîtrait mon travail. Sais-tu qu'on m'a décerné la Légion d'honneur à Paris ? As-tu entendu parler du rapport de Nélaton à l'empereur ? Des démonstrations de Liège, d'Amsterdam, de Madrid ? Du *Lancet*, qui m'a consacré un entrefilet ?

– Bien sûr, je sais tout cela.

– Des pétrifications de Settembrini, de Cairoli, de Villari... »

Pierluigi l'interrompt : « Je le sais, Efisio, je le sais. Je lis tout ce qui te concerne et conserve les coupures des journaux.

– Eh bien, qu'est-ce que tout cela m'a apporté ?

– Oh, sur notre île, rien, mais tu es connu dans la moitié de l'Europe... et on conservera ton souvenir... Mieux vaut laisser un souvenir que d'être momifié et oublié.

– Cette île est une terre de miséreux et d'ignorants et, le comble, c'est qu'ils sont contents de l'être et convaincus que le monde se borne à cela, à ce lopin de terre perdu au milieu de la mer, et que le Créateur a donné ici le meilleur de ce qu'il avait. Les malheureux ! Ils ne savent même pas que le reste du globe existe... Nous allons entrer dans le nouveau siècle et là... » Efisio retourne à l'assassinée, pour chasser ces pensées noires qui lui agitent la bile : « ...mais quelle imagination... une hostie mortelle !

– Crois-tu vraiment que Graziana en ait été capable ?

– Écoute, je l'ai bien observée pendant que Pescetto l'interrogeait. C'est plutôt le genre de femme à te vider la tête de tout ce qu'il y a dedans, dès que tu te trouves en face d'elle... Mais attention : premièrement, c'est la seule femme du village qui ait fait des études.

– Antonia, l'accoucheuse, en a fait aussi... et c'est notre déesse de la balance...

– Ah, j'oubliais. Alors il y en a deux. Cette Antonia te plaît, n'est-ce pas ? À moi aussi, elle me plaît : elle est déterminée, elle a la tête sur les épaules, et c'est une tête qui fonctionne bien. Elle ne manque pas d'esprit. Mais quelles raisons aurait-elle eues de tuer Milena Arras ? Quoi qu'il en soit, je le disais, Graziana a fait des études, elle a pu entendre parler de cet acide empoisonné et concevoir un plan. Deuxièmement : j'ai attentivement observé ce visage et certaines particularités sont effrayantes, comme l'arcade sourcilière très marquée, le front haut, la mâchoire parfaite, mais volontaire, les pommettes saillantes, les yeux noirs avec ces cils... mais dans une cavité orbitaire profonde. Je ne suis pas un inconditionnel de l'étude des physionomies, mais Graziana pourrait bien avoir la figure d'une meurtrière, ou en tout cas le visage d'une femme ayant des dispositions générales à enfreindre les règles.

– Je la connais depuis son enfance. Elle a toujours été gentille. Certes, elle n'est pas soumise...

– Elle est trop belle pour ce village ! Cette beauté est un danger... Je l'ai vue passer devant les genêts, le jaune, elle brune, son pas allongé, comme une reine... quel spectacle ! Le simple fait qu'elle soit exceptionnelle la rend différente, potentiellement capable de commettre un acte atypique. Après tout, que sais-tu vraiment d'elle ? »

Pierluigi revoit le corps de Milena et tout ce noir répandu dans la pièce, il sent même l'odeur. Efisio le dégoûte, à manipuler les morceaux de cette femme, et il aimerait sortir faire un tour à cheval, mais il est tard : « Qu'y a-t-il de plus atypique qu'un crime ? Je ne sais pas, je distingue mal la trame de cet assassinat, Efisio, c'est trop pour moi... Tu as raison, Graziana pourrait être la femme idéale pour garder un secret... mais tuer ! Où se serait-elle procuré l'hostie ? Dans un si petit village, ça se saurait... le boulanger n'est pas discret, lui...

– Pour l'hostie, c'est facile. Il suffit par exemple de ne pas avaler celle du dimanche précédent et de la conserver, ou bien...

– Et le poison ?

– On utilise l'acide psammique pour le tannage des peaux, n'importe quel berger pourrait en posséder, à commencer par le beau-père de Graziana... Le plus dur, c'est d'expliquer quelle a été l'idée inspiratrice ! En règle générale, les meurtriers se conforment aux habitudes de la communauté, une société primitive produit des assassinats primitifs. Celui-là ne l'est pas, il est original, il est unique ! Avoir pensé à introduire une hostie mortelle dans l'ostensoir, c'est stupéfiant ! Je ne prétends pas être certain que Graziana est la coupable, et elle n'est d'ailleurs pas en prison, mais elle présente certains aspects, ces manières de chatte insensible, qui sont un peu effrayants. Regarde ! La superficie du poumon se cristallise ! C'est magnifique ! Chaque fois, c'est la même émotion ! Tu sais, depuis quelque temps, la mort ne m'effraie plus autant... depuis quelque temps, seulement... De toute façon, il faudra bien que nous les voyions, les rives de ce fleuve... Mais moi, je conserve ici une importante part de nous-mêmes... Nous en reparlerons... » et il fait un clin d'œil à son ami, mais ce n'est pas l'œil d'un homme qui plaisante.

Dehors, le soleil descend, et l'horizon marin, qui s'enchâsse dans les montagnes, devient rouge et s'élève, mais le ciel d'Abinei reste étriqué et clos. Efisio n'y voit aucun chiffre, aucun calcul, aucune formule parfaite, simplement le hasard qui a emprisonné le village dans un goulet, dans un boyau que la terre a accordé à l'air et à la lumière, mais trop chichement pour que les habitants ne soient pas tristes. Il n'est pas de constellation qui les protège, ou de poussières célestes qui se répandent sur les gens de ces contrées.

« On ne respire pas, Pierluigi... ici, tout étouffe ! »
Une femme traverse la rue en se hâtant.

« Regarde-la ! Des voiles noirs tous les mois de l'année, cachée... Comment savoir si cette passante éprouve de la douleur, du plaisir ou autre chose ? Peut-être la connais-tu, mais je suis sûr que tu es incapable de l'imaginer... elle ne marche pas : elle fuit, elle s'échappe...

– Les femmes sont effacées, par ici.

– Effacées ? Dès l'instant de leur naissance, elles sont déjà dans l'au-delà : tu appelles ça être effacé ? Voilà, j'en ai presque fini avec le cerveau... encore de la nacre... il suffit d'attendre, maintenant. Bien, bien. Je propose que nous rendions visite à don Càvili : il m'intrigue, avec ses chiffres, et il possède une petite bibliothèque sur laquelle j'aimerais jeter un coup d'œil. Lui aussi, il connaît bien Graziana, va savoir s'il n'a pas un avis sur la question. La forêt a peut-être dissipé le brouillard. »

Antonia Ozana elle aussi regarde le coucher de soleil de chez elle, mais en fixant les yeux vers le haut, là où le ciel est déjà d'un bleu profond, et en fumant une cigarette. Le potage bout, elle coupe le pain en tranches, puis elle augmente la flamme de la lampe, s'étend sur le divan mais ne parvient pas à rester immobile. Elle barricade soigneusement la porte et presse l'oreille sur le battant pour entendre les bruits de la route. Personne ne viendra m'appeler cette nuit. Piccosa, qu'est-ce que tu as manigancé...

6

L'église San Martino n'inspire pas la crainte de Dieu, pas même la nuit, mais elle encourage la familiarité avec le ciel. C'est un petit temple pour divinité locale plutôt qu'un lieu où parler avec le Créateur. Ici, on a l'impression que l'on peut marchander les pénitences que méritent les péchés, comme en famille, et l'histoire même de saint Martin a convaincu les paroissiens que ce saint est sans façons, qu'il n'est pas seulement disposé à vous donner son manteau, mais à vous prêter de l'argent ou à vous avancer le produit de la récolte. Mais, là encore, la formule d'or de Càvili et le microcosme débouchent sur une somme qui est toujours la même, et il faut remonter la nef de pierre tant au début qu'à la fin de la mathématique d'Abinei.

Quand Marini et Dehonis arrivent, le soleil s'est couché depuis une demi-heure, la lune est grande mais n'a guère l'air d'une mère nourricière, et semble plutôt une menace, et là, à l'orée du village, on perçoit l'agitation des chênes têtus. Pendant un moment, une ombre, un remous, une éclipse d'idées, traverse l'esprit d'Efisio, mais il n'y prête pas attention.

« Tu as beau vivre en pleine nature, Pierluigi, elle doit bien te faire peur, de temps en temps.
– Oh, elle n'est pas toujours amicale. L'été dernier, à la chasse, une arête rocheuse s'est effondrée sous mes pas, et il s'en est fallu de peu que je n'y reste...
– Chut ! » Marini s'immobilise, le regard perçant. « Qui sort de chez don Càvili ?
– On dirait que c'est une femme... aussi grande qu'un homme de la région, mais une femme.
– Qui est-ce ? Qui est-ce ? Ah, ces lunettes trop faibles et ces yeux déficients, qu'ils aillent au diable !
– Nous demanderons au curé : à la lueur de la lune, il est difficile d'y voir. »

Dans le bureau du prêtre, Efisio furète parmi les livres : « Les *Métamorphoses* d'Ovide, dans une belle édition du siècle dernier, félicitations, don Càvili... et l'*Anabase* en latin ! Euclide également en latin et le *Liber abbaci* de Fibonacci... ça alors, je n'aurais jamais cru trouver cela à Abinei ! Les chiffres, toujours les chiffres.
– Ce sont les pivots de l'univers, tout se conforme à la section d'or...
– La section d'or ? Comment se fait-il que je voie ici, à côté des Saintes Écritures, des écrivains qui adoraient plus d'un dieu...

– Épargnez-nous vos sarcasmes, docteur Marini. Vous aimez peut-être scandaliser et jouer au cynique, mais, moi, vous ne m'abuserez pas. Un homme qui momifie ses semblables n'est pas cynique... il cherche à croire en quelque chose, et il y consacre beaucoup de force... et Dieu sait combien de souffrance. »

Efisio ne répond pas. Il sait bien que son œuvre ne peut pas aller plus loin, parce que, au-delà, ses pas ne foulent plus la terre ferme, même si, parfois, lorsqu'il était jeune, il a été saisi par la présomption de celui qui devient fou devant son idée fixe.

« Changeons de sujet, dit l'embaumeur en feuilletant un petit volume. Tout à l'heure, nous avons vu sortir une femme de chez vous, et nous nous sommes dit que, comme les médecins, vous deviez être disponible à toute heure du jour et de la nuit. Mais nous ne vous demandons pas qui c'était, nous savons que vous êtes tenu au secret.

– Il ne s'agissait pas d'une confession, et j'avais l'intention d'aller tout raconter au capitaine Pescetto. Excusez-moi, voulez-vous partager mon dîner ? Du potage, des fèves et des figues. Nous pourrons parler de cette mystérieuse visite... Maria Elèna m'a laissé quelque chose à manger ! »

Les deux médecins acceptent volontiers et, tandis que don Càvili met la table, Marini se roule l'une de ces très longues cigarettes qu'il allume et qu'il fume en silence, feuilletant l'*Anabase*, pour bien montrer qu'il sait lire le latin.

Le prêtre rumine : « Ça, Milena Arras les a payés

bien chers, ses pauvres privilèges... le corset, l'agenouilloir rembourré... le chapelet de corail.

– Ce n'était pas une femme sympathique, c'est vrai, mais si toutes les personnes antipathiques du village devaient être tuées de cette façon, il ne resterait pas grand-monde », dit Dehonis qui lit l'article du quotidien de Cagliari sur l'assassinat d'Abinei. « Vous avez vu ? Nous ne sommes que mercredi, et l'*Unione* donne déjà la nouvelle. Mais en quels termes parlent-ils de nous, à 170 kilomètres d'ici ? Quand on songe que ces nouvelles, c'est leur correspondant de Nunei, cette brute de Cixiri, qui les leur envoie ! Ils vont jusqu'à parler de rites tribaux... »

Marini ajoute, en suivant des yeux la fumée de sa cigarette : « Il est vrai que, en l'espèce, le journal se trompe. Certes, le village est arriéré, primitif... mais nous avons affaire à un assassinat élégant, ingénieux, théâtral, une véritable intrigue ; ce village n'en est pas digne, il ne le comprend pas, pas plus qu'il n'est digne de la beauté de Graziana. »

Don Càvili jette un coup d'œil à la fenêtre avant de lancer : « La femme que vous avez vue sortir était Graziana Bidotti.

– Je m'en doutais, dit Marini sans cesser de suivre du regard ses ronds de fumée.

– Elle est venue en secret. Personne n'est au courant de sa visite, mais elle ne m'a pas parlé sous le sceau de la confession. Elle sait ce qu'elle risque : elle est soupçonnée d'homicide et est sur le point d'être accusée. Elle est venue me demander conseil... »

Pierluigi est songeur, il connaît bien des hommes poursuivis par la justice, mais pas une seule femme :

« Tout ce qu'elle a à faire, don Càvili, c'est d'attendre que le magistrat...
— Que la justice la poursuive ? Certes, certes. Mais comment une femme dans sa situation pourrait-elle prouver son innocence, dès lors que tout le monde, y compris cette sotte de Maria Elèna, l'a déjà condamnée ? reprend don Càvili avec force.
— Elle prendra un avocat, pourquoi pas un avocat de Cagliari... Mon ami Scano la défendrait gratis, il a un faible pour les jolies femmes...
— Ne plaisantez pas, Marini ! Cette femme n'a pas envie de rire !
— Je ne plaisante pas. Mais, monsieur le curé, nous serait-il permis de savoir ce que vous avez conseillé à la belle Graziana ? »
Efisio a beau irriter le prêtre, celui-ci reste calme et s'explique : « J'ai exposé mon point de vue. Je crois qu'elle doit aller au-devant de la justice et ne pas attendre qu'on l'accuse. Demain matin, elle se rend à Nunei chez le juge Federico Gessa, qui est un honnête homme, lent mais honnête, elle sollicite un entretien au cours duquel elle déclare qu'elle n'ignore pas qu'on la soupçonne et demande à être jugée par les voies les plus brèves. Ainsi, elle pourra, par son courage, prouver l'honnêteté de ses desseins, ce qui n'appartient qu'à un innocent. En outre, pourquoi tuer une vieille femme qui aurait fini par mourir de sa belle mort ? Voilà tout ce que je lui ai dit.
— Graziana n'a pas d'autre solution, réfléchit Dehonis. Une femme comme elle ne peut assurément pas prendre le maquis...

– Je connais tous les fugitifs de la région : à leur façon, ce sont également mes ouailles, et je n'imagine pas Graziana se joindre à ces bandits. Ils viennent tous à confesse, depuis des années, certains sont même très religieux, mais ce sont des brutes sanguinaires qui tuent les agneaux et les hommes de la même façon. »

Dans un sourire, Efisio change brusquement de sujet et, fidèle à son habitude, passe de la mort à la nourriture, l'une étant, à ses yeux, l'opposé de l'autre, y compris du point de vue numérique : « Des fèves, cela fait des années que je n'en ai pas mangé...

– C'est un aliment pour chevaux... Mais vous ne manquerez pas non plus de faire honneur à mon vin, je le produis moi-même. Cette année, j'ai obtenu cinq cent soixante-treize litres que j'ai répartis en cinq petits tonneaux...

– Toujours attentif aux chiffres, à ce que je vois », dit Dehonis.

Càvili remplit les verres d'un vin noir, si noir qu'Efisio songe à une boisson pour les deuils, se sent faiblir d'un coup et en avale aussitôt une gorgée revigorante.

Le prêtre est en terrain connu : « Oui, tout, dans la nature et dans le ciel, se plie à la loi des chiffres. Je ne vois pas pourquoi Abinei devrait faire exception. Et puis, vous l'avez constaté vous-mêmes : les comptes s'équilibrent toujours ! Être attentif aux nombres, c'est respecter Dieu et son œuvre ! Vous le savez bien, docteur Pierluigi. Tout n'est que symboles numériques : trois, c'est le chiffre de la Trinité ; quatre, les évangélistes, les vertus cardinales,

les fleuves du paradis ; les septénaires de la religion : les sept dons de l'Esprit-Saint, les sept péchés capitaux ; les dix commandements...

– Mais, don Càvili, il est une nouvelle créature, dans le village, et les comptes ne s'équilibrent pas... Votre comptabilité de l'au-delà...

– Une autre créature ? Ah, vous faites allusion aux jumeaux ? Je le savais, je le savais...

– Oui, Piccosa a donné le jour à des jumeaux... la nature vous a joué un tour, avec ses chiffres... »

Càvili reste pensif : « Cette Antonia Ozana est une femme trop intelligente pour la région...

– Vous voulez dire qu'elle aurait été capable de projeter un crime ? » demande gravement Efisio.

Le prêtre ne se cabre pas contre cette idée : « Elle est en dehors de l'ordre des choses, et, d'une certaine façon, l'état civil du village, outre l'État des âmes de la paroisse, est son affaire...

– Oh, à moitié seulement, don Càvili : la mort n'est pas son affaire. De toute façon, il y en a un de plus que prévu, observe Marini. Et maintenant, je propose que nous nous en allions, il est dix heures et demie. Merci pour ce dîner, monsieur le curé.

– Je vous ai obligés à une sobre frugalité, pardonnez cette austérité...

– Nous avons quelqu'un, à Naples, le jeûneur Succi, qui a fait de cette sobre frugalité son travail : il gagne son pain en jeûnant, vous vous rendez compte... il jeûne pour manger ! Bonne nuit et merci. »

Quand un événement insolite s'introduit dans les allées secrètes de son esprit, Efisio fait comme la sibylle : il rêve.

Il rêve à un bois et à un lac sombre. Graziana se promène sur ses rives, en gémissant. Un homme au poil noir l'aborde et lui parle à l'oreille en riant. Elle a les yeux fermés et se soumet. Puis, quand l'homme s'éloigne, elle plonge et disparaît dans le lac. L'ombre noire se réfugie dans son antre et les hommes s'enferment dans leur maison, condamnent leurs portes et n'ouvrent pas à l'esprit de Graziana qui appelle à l'aide. Les cris deviennent assourdissants, mais les gens se terrent dans leurs maisons...

Il s'éveille, en sueur. Puis il se calme, à la lumière blanche de la lune qui éclaire la chambre. Il se rappelle la lumière de Graziana et se rendort.

7

Les maisons enterrées dans la montagne, les fenêtres pas plus grandes que des meurtrières, les hommes cachés dans la terre qui, ainsi, n'a même pas à les attendre. De rares chemins pour aller parler avec d'autres hommes. Des sentiers solitaires où l'on doit s'effacer quand on croise quelqu'un.

À travers les carreaux, Efisio voit le capitaine Pescetto et deux carabiniers s'approcher à grands pas de la maison. Il ouvre la fenêtre de sa chambre et demande : « Du nouveau, capitaine ? Je ne me trompe pas, n'est-ce pas ? Je descends vous ouvrir. Pierluigi doit être chez un malade ou en train de décharger son fusil sur les lièvres : il est sorti avant le soleil. »

Pescetto entre, ne s'assied pas et, sans reprendre haleine, l'informe de la nouvelle : « Graziana Bidotti s'est noyée dans le rio Neulache ! Hier, après minuit, un berger l'a trouvée, à quatre kilomètres d'ici, accrochée aux lauriers-roses. Il l'a chargée sur son âne et l'a apportée à Silisei. On m'a prévenu ce à quatre heures et demie. Elle a dû se suici- cause des remords... »

 rini garde son sang-froid et retient sa langue, it bien que la mort ne se comprend pas tout de suite et qu'il lui faut attendre : « Comment pouvez-vous en être sûr ?

— Ah, c'est le bon sens. Elle a tué et s'est repentie.

— Et vous pensez que le bon sens peut rendre compte d'un assassinat comme celui de Milena Arras et de cette nouvelle mort ? Ces morts vous paraissent de bon sens ?

— Parlons plutôt de logique, si vous préférez, dit Pescetto qui ne veut pas se lancer dans une discussion.

— Voilà qui est mieux, la logique ! Mais, si on veut la suivre jusqu'au bout, il faut d'abord connaître les faits. Et les faits, ceux qui ont vraiment déterminé la mort de Graziana, nous ne les connaissons pas. »

Pescetto se tait, mais n'éprouve pas d'antipathie pour cet homme qui le corrige sur un ton qui l'indispose bien un peu toutefois.

« Je voudrais voir le cadavre, capitaine. » Une douleur tenaille sa poitrine, il respire à fond pour la chasser.

Pescetto s'aperçoit qu'Efisio s'est voûté : « Elle est ici, à Abinei, puisqu'elle a été retrouvée sur le territoire de la commune. J'ai déjà donné des ordres pour l'autopsie, et je voudrais vous dire que je compte beaucoup sur votre collaboration... On est en train de l'apporter ici, dans le cabinet du docteur.

— Nous allons souffrir, nous devons souffrir. »

Son savoir est une frontière. Il réfléchit sans cesse

à l'idée de frôler la limite. Il a repoussé la ligne un peu plus loin, et c'est pourquoi, souvent, il saupoudre ses discours de nombreux *je – je dis, je suis, j'ai fait –*, mais parfois, au contraire, il reste muet au bord de cette ligne, car il sait qu'il aura beau pétrifier à qui mieux mieux, qu'il aura beau employer des chapelets de *je*, il sera incapable d'avancer au-delà.

Le corps de Graziana est étendu sur deux tables.
« Un souffle, rien qu'un souffle, zut ! » Il a dit *zut* sur le ton d'un enfant contrarié. Un souffle, ce serait, après que le corps s'est conservé des années, le signe qu'il n'est pas de temps défini, et que, soudain, l'air peut restituer la lumière et le reste. Il s'est donc arrêté pour la regarder et a attendu un peu.

Quelque chose ondoie derrière Efisio, mais il ne s'en aperçoit pas.

Cette morte est d'une belle blancheur, aucune grimace, à bien y regarder, on distingue un alanguissement de la force de Graziana, et, en fermant les yeux, on imagine quelle merveilleuse morte flottante ce devait être au milieu des lauriers-roses. Une amplification de mère nature, un chef-d'œuvre achevé ! Quels caractères lui avaient été transmis, et par quel sang ? Et comme chaque caractère avait été bien arrangé ! Le péché des parents avait apporté sa contribution à cette œuvre, ou plutôt c'est lui qui avait tout fait. C'est à la passion qu'elle devait d'être ainsi ! Notaire, notaire... quelle sorte de notaire étais-tu ? L'un de ceux qui ne vivent que de papier, au point qu'ils se confondent avec le parchemin... mais là, une exception... On était passé du papier au vrai sang... Pouvait-il voir sa fille encore ? Il allait la lui conserver... certes, la nature ne lui avait dévoilé que quelques secrets, mais, pour elle, ce serait largement suffisant.

Dehonis arrive et, en silence, se prépare à aider son ami. Peu après surviennent Càvili et même Antonia Ozana : ils ne parlent pas.

On déshabille Graziana, comme on fit pour son ennemie Milena, et, sur elle, se répète la même opération, étape après étape, la même entaille du menton au pubis d'un seul geste.

Don Càvili se tourne vers le mur. De temps à autre, il pivote, les yeux rouges, pour regarder le cadavre qui suit les mouvements imprimés par les manœuvres de l'anatomiste. Ces mouvements... Il lui semble que, entre le corps abandonné et celui qui le dissèque, une complicité silencieuse s'est établie.

Seul Marini se parle à lui-même, à moitié plongé dans le thorax de Graziana : « On dirait bien qu'elle est morte noyée. Oui, oui, elle a l'air noyée. »

Aidé de son ami, il retourne le cadavre sur le ventre et l'observe attentivement de haut en bas. Il ne prononce qu'un seul *Ah !* durant tout l'examen : économie de paroles qui est signe de concentration absolue et qui prouve qu'il a peu, très peu d'énergie disponible pour se mettre en avant.

« À présent, capitaine, je vais être obligé de procéder à un petit prélèvement qui pourra vous sembler inexplicable, voire ignoble. »

Il replace le cadavre sur le dos. À l'aide d'une

petite sonde de cristal, il frotte les parois internes du vagin de Graziana, puis recueille la sonde dans une ampoule de verre.

Don Càvili pâlit, sort à la lumière du soleil et prend une profonde inspiration. Qu'est-ce que cette intimité entre un vivant et le corps de Graziana ? Quelque chose, encore, bouge derrière lui, mais il ne s'en aperçoit pas, entend seulement un battement d'ailes, mais ne se retourne pas.

« Nous examinerons cela avec ton microscope, Pierluigi. J'ai recueilli un échantillon très abondant, et on peut déjà se faire une idée. »

Encore une fois, il retourne le corps, l'allongeant sur le ventre, et pratique une incision de trois pouces qui, partant de la nuque et s'arrêtant à hauteur des omoplates, découvre la partie supérieure de la colonne vertébrale. Alors, il pousse un second *Ah!* plus fort.

Puis il arrange la dépouille, plus attentif que pour celle de Milena à respecter les proportions, et il contemple la colonne vertébrale, satisfait de ne pas avoir détruit sa symétrie.

Il se lave les mains et allume une cigarette : « Peux-tu me consacrer une heure, Pierluigi ? Capitaine Pescetto, nous nous verrons à midi. Je crois que j'aurai des nouvelles à vous annoncer. À midi, ici, chez le docteur Dehonis. Je vais faire quelques pas avec mon ami. »

En traversant la place, ils voient don Càvili qui prie dans la rue sur le chemin de l'église, et qui, de temps en temps, s'essuie les yeux. Plus bas, au bout de la grand-rue, droite et ferme sur le pavé qu'elle fait résonner comme un clavier d'os, ils voient Antonia Ozana qui, une fois encore, a participé aux événements et qui, à présent, s'en va en pensant Dieu sait quoi sur ce malheureux village.

« Ces montagnes, ces maisons de pierre dont on dirait qu'elles veulent s'enfoncer au centre de la terre m'inspirent une angoisse qui forme, avec l'horreur de cet assassinat, un mélange que je ne saurais qualifier... Et puis cette Graziana, même morte, quel miracle... »

Pendant un moment, Efisio se penche, s'arrête et se frotte le front, où, de nouveau, il sent ce vide qui engloutit toutes ses pensées, mais pendant un instant seulement.

« C'est le cerveau qui te fait mal, Efisio ? Nous ne nous voyons plus aussi souvent qu'autrefois, mais nous nous connaissons. Laisse faire ta tête, les idées, les sentiments, la tristesse et tout ce qui y passe, laisse faire... c'est ce que tu disais. »

À midi, après avoir noté quelques observations qu'il apprend par cœur, Efisio Marini prend place au bout de la table : il a, sur le front, une ride profonde et courbée, que personne n'avait remarquée auparavant.

« Docteur Marini, demande Pescetto, serons-nous capables de comprendre ce que vous allez nous dire ? »

L'ironie ingénue de l'officier ne le touche pas, parce qu'elle est sans malice et que ce qu'il s'apprête à révéler est trop important : « Graziana Bidotti a été tuée ! »

Pescetto et Càvili sont abasourdis, et Marini ne se prive pas de savourer l'effet qu'il vient de produire. Cela ne sert à rien, mais c'est plus fort que lui, c'est son remède à lui, son remontant.

« On l'a d'abord tuée, et ensuite – ensuite seulement – on lui a rempli les poumons d'eau en employant une ruse que j'expliquerai par une comparaison : on a traité le thorax de la malheureuse comme une outre que l'on presse et que l'on relâche, de sorte que, au moment où elle se dilate, elle laisse entrer le liquide.

– Comment peut-on tuer une personne et la remplir d'eau ?

– J'ai déjà expliqué comment on lui avait rempli les poumons d'eau, capitaine ! dit Marini, d'un ton irrité. Je vais à présent expliquer comment elle a été tuée. »

Pescetto se tait et, Dieu sait pourquoi, songe à la candide Lilly.

« À l'extérieur, rien ne le laisse penser, mais Graziana s'est fait, comme on dit, casser le cou. Quelqu'un, qui était assez fort pour immobiliser une fille comme elle, lui a sectionné la moelle épinière par un geste très simple, bien connu dans la lutte orientale. » Il se lève et simule le mouvement mortel sur son ami Pierluigi.

« Là encore, la détermination meurtrière a uni la force et l'intelligence. Je vous l'ai dit, nous devons avoir peur, car nous nous trouvons face à un criminel des villes ! Et il y a un autre détail.

– Encore ? » Pescetto est las.

« Graziana a été tuée hier vers vingt-trois heures, quelques heures après avoir fait l'amour.

– Comment pouvez-vous le savoir ? Avez-vous trouvé un espion ?

– Non, aucun espion parlant, car, hélas, cette affaire n'a pas de témoins en dehors de nous qui sommes inutiles, car nous arrivons trop tard pour témoigner sur des événements déjà accomplis. Le vagin de Graziana contenait du liquide séminal, du sperme. Vous comprenez ? Et si Graziana a été tuée là, à cette heure de la nuit, il faut penser qu'elle fuyait, et que sa fuite a été interrompue par des mains assassines et expertes. »

Le respect de l'officier pour Efisio Marini devient de la servilité. L'assassin, c'est vrai, était diabolique, mais le carabinier pense que la justice lui a envoyé, en la personne de ce médecin, sa parfaite contrepartie. Si cette tête curieuse n'avait pas commencé à fourrer son nez là-dedans..., pense Pescetto, et il remarque : Tiens, cette ride, sur le front... c'est nouveau.

« En outre, capitaine, je voudrais que vous demandiez au magistrat de Nunei l'autorisation d'embaumer le corps de Graziana. Oui, vous m'avez compris, de l'embaumer, pour le musée d'anatomie de l'université de Cagliari, où, évidemment, elle restera à la disposition de la justice tant que ce sera nécessaire. »

Puis, étant donné qu'il est venu à bout de son raisonnement, Efisio rompt les digues et, libre, inonde tout le monde. « Si Niceforo soutient encore une fois en public ces théories que je n'hésite pas à qualifier d'idiotes sur la microcéphalie des habitants de l'île, je lui montrerai cette statue et il faudra bien qu'il se taise une fois pour toutes, ce scientificaillon à la noix. Je voudrais les voir, les femmes de sa ville... je voudrais les voir à côté de cette apothéose, de cette Nikè aux ailes brisées... de cette création surhumaine que la mort même n'a pas réussi à corrompre ! Je lui épargnerai les injures du temps carnassier et nous n'aurons pas à la pleurer : *Absint inani funereæ neniæ !* »

Désormais, ils sont tous familiers de l'intempérance de Marini, de ces brefs accès que Pierluigi lui connaît depuis les années de l'université et qui, peut-être, avec le temps, sont devenus de vraies crises.

Antonia, elle, aime cette force qui sort d'Efisio sans qu'il puisse rien pour l'en empêcher, et elle pense que les jumeaux, eux aussi, sont sortis sans que personne ne puisse s'y opposer. Nous sommes plus forts que les nombres, pense-t-elle, et cet homme n'est pas un simple empailleur de cadavres, qui rembourre les morts avant de les abandonner.

Don Càvili médite, isolé dans un nuage qui s'est formé soudain, sans couleur, mais prêt à se métamorphoser, voire à se dissiper : d'un côté, les jumeaux de Piccosa, de l'autre, Milena puis Graziana ! Mon Dieu, as-tu d'autres preuves à m'offrir ? La mathématique est sévère dans ce village, et tu l'es plus encore avec moi ! Mais je suis patient ! Et voilà cet homme de la ville qui veut emporter une de mes paroissiennes ! Ça ne s'est jamais produit... Mais peu importe, pourvu que son âme reste dans la montagne ! C'est ici, mon Dieu, que nous te voyons, dans les forêts... je te vois.

Et il pleure. Mais Efisio voit que Càvili ne pleure pas comme tous les humains : ses larmes coulent comme de petites vagues sur son visage, sans qu'il change d'expression.

8

Efisio Marini ne repart pas. Il attend l'autorisation de procéder à l'embaumement de Graziana, qu'il a commencé en secret, parce que la mort n'attend ni permission ni papier timbré pour déployer ses ailes. Il éprouve un désir rageur de mettre de l'ordre dans son esprit et espère que respirer cet air, se promener parmi ces arbres, observer ces gens l'aidera d'une manière ou d'une autre. Il regarde Graziana et pense que les plus grands plaisirs sont petits, vus de près, mais pas elle. Elle a quelque chose d'infini qui, pour Efisio, n'est qu'à son commencement.

Avec l'aide de Dehonis, il a plongé le corps de la jeune fille dans une baignoire pleine d'eau, et il y a dissous ses sels, utilisant tous ceux qu'il a apportés. Toutes les deux heures, il contrôle les effets cristallisants et la couleur brune de la peau qui se ravive un peu, mais rien qu'un peu, durant le bain d'électricité. Il lui ouvre les paupières, pour que les yeux soient baignés par la solution. Car les yeux doivent rester ouverts : c'est une des premières lois qu'il a découvertes. Ils se pétrifient moins bien lorsque les paupières sont closes ; ouverts, ils ne sont certes pas au monde, en tout cas pas dans celui où il veut les retenir encore, mais c'est en tout cas ce qu'il convient de faire pour que Graziana soit la continuation de Graziana.

Les journaux, l'*Unione* et un bimensuel milanais, parviennent à Dehonis avec un retard méthodique.
« Il y a la suite du feuilleton *Berta l'Aveugle*. Quelle histoire ridicule ! Je ne sais pas ce qui peut intéresser les gens, là-dedans. Vas-tu quelquefois au théâtre, Efisio ?
– Parfois, à Cagliari, je vais au Cerruti... moins souvent à Naples... je vais aussi à l'opéra, c'était la passion de mon père. »
Pierluigi papillonne d'une nouvelle à l'autre : « Il paraît que Quintino Sella s'est encore occupé de l'île, il est question de faciliter les voyages des insulaires, tu te rends compte, on en parle depuis des années... je sais que le maire Bacaredda a fait des pieds et des mains, à Rome, mais en vain... Et ça ! Regarde-moi ce titre : "LES PROGRÈS DE LA CRÉMATION" !
– Aucun intérêt, pour un embaumeur... vraiment aucun... je conserve et ils dissolvent. Ça ne prendra pas, tu peux être certain que personne n'aura envie d'être réduit en cendres... »
Pierluigi veut parler de la ville : « Mon cher Efisio, si j'habitais Cagliari, je ne raterais pas un spectacle. Par exemple, pour le carnaval de l'année prochaine,

on donnera *La Bella di Alghero* de Fara Musio. Jamais entendu parler... ils disent que ce fut un succès à Pesaro... je serais curieux d'entendre la musique que compose un insulaire...

– Ça ne passera sûrement pas à la postérité... Sois-en certain. » Marini répond de mauvais gré : il a la tête lourde et cette nouvelle ride n'a pas disparu, au contraire, elle s'assombrit.

« Efisio, sais-tu à quoi je pense ? Que nous ne sommes guère avancés. Deux morts et aucun assassin. Don Càvili serait troublé par cette discordance. »

Efisio marche de long en large dans la pièce : « J'espère que don Càvili ne va pas exiger de nous que nous trouvions à tout prix deux assassins, un pour chaque mort, afin de ne pas détruire la symétrie. Je crois que, dans le meilleur des cas, nous ne trouverons qu'un seul assassin et que la parité sera rompue.

– Mais si ce sont deux personnes différentes qui ont tué Milena et Graziana, aurons-nous la parité ? Et si Graziana avait été à la fois assassine et assassinée ? Comment trouverons-nous cette parité ?

– C'est possible... d'après ce que nous savons... Mais je me pose une question : Milena a été tuée pour l'héritage, soit ; mais Graziana, pour quel mobile ? A-t-elle été tuée par son homme, que personne ne connaît dans cette communauté de larves silencieuses ? Graziana avait un amant secret qui l'a tuée après lui avoir fait l'amour. Ce n'est pas une histoire pour Abinei, ça.

– Si Graziana avait tué Milena et qu'une troisième personne ait tué Graziana, nous aurions deux morts et deux assassins, nous serions en règle avec les chiffres si nous comptions Graziana comme assassine et comme assassinée. Ah, don Càvili est contagieux !

– Nous pouvons toujours faire des conjectures à l'infini, comme deux vieilles dames désœuvrées qui occupent leurs journées à des bavardages et à des travaux d'aiguille, mais cela ne nous mènera pas très loin. La vérité, c'est qu'il a réussi, quelle que soit son identité, il a réussi ! Il s'est joué de nous, ce qui n'est pas grave en ce qui concerne Pescetto, mais il s'est joué de moi, de moi ! Tu comprends ! »

On frappe à la porte, et un jeune homme, sans descendre de cheval, remet une lettre adressée à Marini. Puis, avec un geste effronté, il fait faire demi-tour à son moreau et, d'un coup de cravache, repart au galop.

Efisio ouvre l'enveloppe :

> Cher docteur Marini,
>
> Les événements brutaux, votre nom et votre réputation, le patrimoine de Milena Arras, la jeunesse de Mlle Bidotti m'ont incité à vous écrire. Je représente cette terre, même en ces lamentables vicissitudes, et je suis sûr que je comprendrais mieux les faits qui se sont produits si je pouvais en discuter avec un homme tel que vous. J'attends votre réponse ou, mieux, votre visite...

M. Rais Manca, député au Parlement royal, réélu en mai dernier dans la vaste et dépeuplée circonscription du centre de l'île, demande des informations à Efisio et l'invite dans sa maison de Nunei.

« Efisio, si le seigneur de la contrée te convoque au château, c'est qu'il mijote quelque chose...

– Seigneur ou pas, j'y vais de ce pas : j'y serai en une heure de cabriolet. Et il faudra qu'il fasse attention à la manière dont il parle avec Efisio Marini... Le patrimoine de Milena Arras ? La jeunesse de Graziana ? Je ne crois pas être jamais au nombre de ses électeurs... je le sens... sa façon d'écrire m'indispose déjà, je n'ose imaginer comment il parle... »

9

Il y a une poutre, dans l'écurie de Pierluigi Dehonis, où l'on accroche le gibier criblé de plomb pour le faire dégoutter. Le médecin a rapporté un lièvre fou qui avait arrêté sa course devant son cheval, et il l'a pendu là. Les yeux du lièvre le fixent et le médecin est satisfait de sa chasse : non pas par amour du sang d'un animal très doux, mais parce qu'il a ainsi un cadeau tout trouvé pour la femme de Silisei à laquelle, deux fois par mois, il rend une visite discrète, d'une brièveté rude et appliquée, comme le geste de l'homme qui dépouille un lièvre.

Piera vit seule, elle est encore jeune. Elle est rouge d'émotion, à cause de l'arrivée inattendue de Pierluigi. Il ne s'est pas passé deux semaines depuis sa dernière visite.
« Tu reviens de chez ton ami ? »
Au cours de ces années, il a rempli la maison de la jeune femme d'objets à lui. Il y a même un divan qu'il a fait venir de la ville et où il somnole pendant qu'elle

prépare à manger. « Reste un peu, j'ai besoin de te sentir. »

Piera a eu la variole, il y a dix ans, et Pierluigi l'a soignée. Il reste, sur les joues de la femme, des traces qu'elle essaie de cacher en évitant autant que possible le soleil. Aujourd'hui, elle n'a pas mis ses bas, elle a une démarche différente.

« Tu es venu plus tôt que d'habitude.

– J'avais besoin de te voir. Il s'est passé trop de choses nouvelles et les habitudes changent brusquement, quand elles changent. Tu ne portes pas de bas ?

– Un jour plus tôt, un jour plus tard, cela ne change pas grand-chose. De toute façon, je suis toujours seule ici. »

Pierluigi ferme les yeux : « Je vieillis, Piera.

– Je t'allume une cigarette. Tu ne t'en vas pas ? »

Elle a maintenant le même regard que l'animal sur la table : « Tu as déjà fait la tournée des malades ? »

Les malades.

Il a donné de la digitaline à un vieillard plein d'humeurs, il l'a saigné : le bonhomme a aussitôt recouvré ses forces et s'est levé. Il lui a semblé qu'il était le patron de ce vieil homme qui a senti d'un coup la force et l'appétit lui revenir. C'est toujours comme ça quand il guérit un malade, mais il n'en a jamais parlé à personne. Une fois seulement, il a été sur le point d'avouer ce péché à Càvili, mais il s'est arrêté, car il se heurte toujours, dans le prêtre, à une foi féroce qui n'encourage guère l'amitié.

« Le curé m'a dit que, par la naissance, on sort de l'infini, qu'on y retourne par la mort, et que la maladie est à mi-chemin. Peut-être voulait-il me faire comprendre que j'ai tort de les soigner. J'essaie d'intervenir dans les chiffres d'Abinei, mais mes remèdes ne suffisent pas. »

Efisio Marini a contaminé tout le monde, et chacun parle de sa propre immortalité.

« Tout est à toi, dans cette maison. Et de moi, qu'est-ce qu'il y a et qu'est-ce qui reste ? » Piera possède une beauté que la variole a cachée et qui n'est plus une menace. Pierluigi la connaissait avant sa maladie et ces cicatrices l'ont rendue moins dangereuse.

« Ce ne sont pas les objets que j'aime, Piera. C'est toi. Regarde ces lunettes de corne. Faudrait-il que j'y sois attaché ? À force de les porter, mon nez en a pris la trace... Ça m'est égal, si elles se cassent, j'en achèterai d'autres. Ce ne sont pas les choses qui me retiennent ici. Pas même cette maison. Si je viens, c'est pour toi, et tout ce qui est là autour est pour toi.

– Et tu laisses des objets ici pour ne pas y rester toi-même. »

Cette maison est un endroit séparé et clos, en marge du district. La loi n'y entre pas, le prêtre n'y entre pas, et elle est loin de l'obsession des chiffres d'Abinei.

Pierluigi y passe un moment parallèle, sans cartouchière et sans sa trousse de médecin. Le corps de Piera est silencieux mais produit un bruissement jeune, qui lui est comme une aiguille magnétique.

« Tu es triste ? C'est ton ami de la ville qui t'a rendu triste ? Je sais qu'il a ouvert Graziana Bidotti, la pauvre. Tu penses à des choses laides, comme quand je vois dans le miroir mes joues criblées par la variole ? »

Efisio Marini a provoqué une épidémie de pensées qui se délabrent et se mélancolisent, tandis que lui, Efisio, est plein de vie, droit, et qu'il se sert des mots comme d'un anesthésiant.

Pierluigi s'était bricolé sa petite religion à lui. La compassion pour ses malades et la modestie des soins qu'il prodigue et qui sont tout juste bons à prolonger les souffrances. Considérer la mort comme un moment, un simple moment, par cela même tolérable. La conviction que certaines agonies sont une exagération de la nature qu'il raccourcit (de cela non plus il n'avait pas parlé avec le prêtre). Toutes ces choses avaient modifié au fil des ans sa considération pour le corps, qui n'était pas une machine parfaite. Ainsi, quand la pagaïe lui semblait excessive, très souvent, c'était lui qui décidait : ça suffit.

Efisio, l'acharnement d'Efisio, a tout bouleversé et il n'est plus capable de considérer la mort paisiblement. Lui aussi, il puisait sa tranquillité dans la parfaite comptabilité du village.

« Pierluigi, j'ai envie de pleurer et de me reposer moi aussi sur le divan.

– Entendre ta voix... » Il se tait.

La responsable, c'est l'imagination. Piera et lui conservent des recoins, des parties qu'ils ne connaissent pas. Ils administrent le corps et les sentiments, tenant sous clef bien des choses qu'ils ne laissent jamais paraître.

Ils restent longtemps sur le divan. Des pensées indéterminées.

« Pierluigi, qu'est-ce qui t'arrive ?

– Piera... C'est vrai : l'équilibre... »

10

Lorsque Efisio découvre Rais Manca, gros, pommadé, vêtu d'un costume qui ne sied guère à un homme qui a la cinquantaine bien sonnée, il l'imagine, au retour de la capitale, où il n'est qu'un quidam parmi d'autres, rapportant à sa femme, à ses enfants et à ses connaissances les conversations qu'il a eues avec les plus hauts responsables de l'État : « Le président Giolitti, cet homme extraordinaire, me racontait que... » et il imagine aussi ses proches qui, repus de ces récits, se hâtent d'aller s'en flatter à travers toute la ville, étayant un peu plus la renommée d'homme omnipotent dont le député jouit parmi ces malheureux.

Il entame un discours qui, depuis des années, lui sert d'entrée en matière, et qui ne varie jamais : « Notre île meurtrie doit se débattre entre des paquebots dont la vitesse de croisière est de dix miles à l'heure, une loi sur la colonisation des campagnes qui n'en finit pas d'être en gestation, la sécheresse, *can we make it rain ?*, la question phylloxérique qui n'a pas été traitée, et cette tendance à parler des problèmes sans jamais se retrousser les manches pour les résoudre. Bref, ce ne sont que discussions infinies, *cosas de España*, croyez-moi. »

Efisio considère les mouvements empesés du député et ses doigts boudinés qu'il agite sans les plier, et répond : « C'est vrai, c'est vrai, chez nous, les discussions s'ensablent et on ne va jamais plus loin. Sans parler du favoritisme, du "pas moi" et "toi non plus", de l'envie, avec ce résultat que rien ne change jamais.

– Rien, pas tout à fait. Le chemin de fer de Nunei est une réalité, de temps en temps, l'État fait entendre sa voix... Vous avez dû le prendre pour venir de Cagliari.

– Non, j'ai préféré mon cabriolet.

– Vous n'avez pas fait de mauvaises rencontres ?

– J'avais une escorte de cavaliers.

– Savez-vous qui m'a parlé de vous ? L'ingénieur Asproni, le candidat que mon bon parti libéral n'a pas réussi à faire élire à Cagliari, quel dommage, un homme de valeur... peut-être trop bon pour ce travail.

– Oui, nous nous connaissons bien... même si je ne partage pas ces idées libérales... je suis conservateur, que voulez-vous, je conserve même en politique...

– Voyez-vous, docteur Marini, tous les politiciens ne sont pas de la mauvaise herbe. Moi, par exemple, j'aide de nombreuses personnes, ici, ce qui, je crois, m'a valu leur estime...

– Je sais, je sais, Dehonis m'a parlé de vous. »

Ces fossettes sur les mains.

« Docteur Marini, si vous le permettez, je voudrais

vous demander une faveur, et vous faire part d'une inquiétude.
– Je vous écoute.
– Commençons par la faveur. Je suis le président du Lions de la région et... »
C'est plus fort qu'Efisio : « Il y a un Lions, ici ? »
La question qui a échappé à Marini paraît désobligeante à Rais Manca : « Et comment ! Notre section est fort active, croyez-moi. Il faudrait que vous rencontriez ses animateurs, M. Molle et Mme Altieri. En deux mots : je voudrais vous demander de venir au cours d'un dîner, nous faire une causerie sur votre technique de momification, car nous trouvons la chose fascinante. »
Oui, cet homme l'agace vraiment, avec ses doigts qui ne se plient jamais, ni pour expliquer ni pour demander...
« Une causerie au cours d'un dîner ? Ce n'est guère un sujet à aborder à table, me semble-t-il.
– Nous pouvons en parler avant ou après le repas, à votre convenance...
– Cela me paraît au contraire inconvenant dans un cas comme dans l'autre, qu'il s'agisse de couper l'appétit ou de gâcher la digestion. Est-il indispensable de lier causerie et repas ?
– C'est ce qui se fait en général.
– Entendu, vous pouvez compter sur moi.
– Et vous aussi, vous pouvez compter sur moi. Je crois savoir que vous avez quelque difficulté à obtenir une recommandation auprès du ministre... »
Rais Manca s'est levé de son fauteuil, comme une pièce d'un seul tenant, et arpente la pièce tel un

ours qu'on a dressé à se tenir debout sur ses pattes arrière.

« Non, merci, vous êtes très aimable, mais le ministre connaît parfaitement les problèmes que rencontre mon œuvre, répond brusquement Efisio. Venons-en donc à votre inquiétude, monsieur le député. »

Le visage et la voix du député s'assombrissent : « J'en appelle à votre discrétion. Je sais que vous vous intéressez au meurtre de la riche Milena Arras et de Graziana Bidotti, et je sais également que le capitaine Pescetto est suspendu à vos lèvres...

– Il n'y est pas du tout suspendu, croyez-le, il n'y est pas suspendu et ne s'y suspendra pas.

– Enfin, dans cette affaire, c'est vous qui faites la pluie et le beau temps, tout le monde le sait. C'est pourquoi j'ai voulu vous parler, préférant que vous appreniez de ma bouche ce que j'ai à vous dire, plutôt que de je ne sais quelles personnes malintentionnées. Écoutez-moi et ne soyez pas trop dur. » Il regarde à terre, ses gros doigts se plient et se ferment en un poing rond comme une pomme : « Je connaissais Graziana Bidotti. »

Marini s'interroge sur le ton de ce « je connaissais » et il lui semble qu'il n'a qu'une seule signification.

« Vous vous demandez sans doute quels rapports peuvent entretenir un homme de cinquante-quatre ans et une jeune fille de vingt-six. Je vous répondrai que j'avais l'impression d'être un berger de nos montagnes qui a tiré le bon numéro à la loterie nationale, celui qui vaut un million quatre cent mille lires ! Ce sont des choses qui n'arrivent qu'une fois dans une vie : plus on vieillit, et moins on a de chances de les voir se produire. Alors on achète tous les billets disponibles et on tente de gagner par tous les moyens. Avec Graziana, j'ai remporté pendant deux ans le gros lot que m'offrait la vie... Puis j'ai cessé de gagner et la chance m'a abandonné... Je ne la voyais plus depuis le printemps 92. Tels sont les faits. »

Efisio trouve cette métaphore de la loterie passablement vulgaire.

« Pourquoi me racontez-vous cela ?
– Parce que quelqu'un peut faire un rapprochement avec la mort de Graziana ! Il y a déjà des gens qui murmurent, ici ! Ma femme dort seule depuis la mort de Graziana...
– Vous avez de la place, ici, et Dieu sait combien de chambres...
– Ne plaisantez pas, docteur ! Ma fille aussi me témoigne de l'hostilité. Et je me consumais pour cette femme que je n'avais pas vue depuis un an. »

Il marque une pause.

« Docteur Marini, j'aimais Graziana ! »

Dans sa calèche, il respire profondément, l'air est bon. La discussion avec Rais Manca s'est conclue par cet aveu, qu'il n'avait pas sollicité, d'un amour qu'Efisio prend comme une gifle donnée par les mains grassouillettes de Rais ; un au revoir, une demi-courbette pour ne pas avoir à serrer cette main, et il est parti. Cette histoire est pleine de sentiments qui se croisent, comme dans tous les crimes, mais qui, là, paraissent inextricables. Et voici à présent qu'entrent en scène le député, sa femme outragée et sa fille ! Pourquoi un homme aussi arrogant s'était-il confié à lui ? Ce n'était sûrement pas pour alléger sa conscience. Dans la région, habitués qu'ils sont aux crânes éclatés par un coup de fusil ou aux gorges ouvertes par un couteau, ils sont tous dépassés. Le capitaine a l'impression d'être un policier de Londres ou de Paris aux prises avec des comtesses et des vicomtes. Imaginez un peu : le seul vicomte qu'il connaisse dans toute l'île est son ami Francesco Asquer, qui est ni plus ni moins que vicomte de Fulmini ! Ah, ah, Dieu protège le vicomte !

Efisio rit longuement, satisfait de la façon dont il a répondu au maître de cette région désespérée. Une chose est sûre : la beauté de Graziana l'a perdue. Elle n'avait pas résisté aux manigances que les hommes mettent en œuvre pour séduire une belle femme... si elle avait ressemblé aux autres femmes de la région, tout aurait été plus simple pour elle, elle aurait aujourd'hui un mari, des enfants, et elle ne serait pas là, allongée, froide, sur des planches, dans une écurie. Milena Arras ne l'aurait pas détestée autant.

La vue d'Abinei, camouflé parmi les rochers, des rues désertes, du ciel qui, cet après-midi, est gris, des masures préhistoriques, finit de l'indisposer à l'égard du député qui règne sur les pauvres habitants de ces tanières. Quand il arrive chez Pierluigi, son aversion pour Rais Manca est définitive.

« Rais Manca, amant de Graziana ?

– Oui, mon cher Pierluigi, ce prodige de Graziana couchait avec un homme qui suinte le péché, qui est une image vivante du déclin corporel et de la mort... c'est horrible ! Horrible, mais compréhensible. Un docteur Faust des montagnes... un homme qui voyait en Graziana un filtre magique contre la peur... un Faust lourdaud et graisseux ! Un amant météorique.

– Tu fais de la philosophie, mon ami, cependant que Graziana est froide, presque une momie, et que ce bonhomme-là continue à se pavaner entre Nunei, Cagliari et Rome. Ce n'est pas juste ! Bon, il faut que j'y aille. On signale un cas de typhus au village. Le maire Nieddu a besoin de moi pour prendre les premières mesures, fermer les fontaines publiques, jeter de la chaux vive dans les fosses d'aisances... la routine...

– Je t'accompagne, si cela ne t'ennuie pas. Pour une fois, j'ai envie de faire le vrai médecin, comme autrefois ! »

À la mairie, ils rédigent l'avis pour la prévention de l'épidémie : rares seront ceux qui le liront, car rares sont ceux qui savent lire.

Dans la maison de torchis du berger Gianuario Lomba, le fils, gracile et olivâtre, souffre d'un désordre intestinal. L'enfant subit sans réagir l'auscultation des médecins, abandonné sur une paillasse. Marini regarde le sol de terre battue, les murs noircis par la fumée, puis les lentes qui infestent les cheveux noirs du malade, sa mère qui ne pleure pas et observe la scène, muette et foudroyée.

Une idée lui traverse l'esprit : Rais Manca, inspirateur et instigateur ! Il avoue son amour pour Graziana, sa faute, pour affirmer ensuite : « Je vous l'avais bien dit, je vous l'avais bien dit que vous me poursuivriez... » et il se pose en victime. Bref, il avoue un péché pour en cacher un autre, plus grave. Combien étaient-ils à pouvoir introduire l'hostie empoisonnée dans le calice, combien de miséreux, comme ceux-ci, qui lui devaient leur pain et leur travail ? Et cet enfant qui, désormais, entend les voix du fleuve qui passe aussi ici... L'air, l'air et le ciel... je veux sortir d'ici.

Il regarde toute la famille, le père et les autres enfants, tous réunis dans la pièce, et l'on dirait un bouquet de feuilles qui ont séché trop vite. Encore ce vide, un tourbillon dans la tête.

Gianuario le retient par le bras : « Docteur, s'il meurt, faites une momie de mon fils. Pour l'avoir toujours avec nous, chaque jour qui passe. S'il vous plaît, s'il meurt, faites-en une momie. »

11

Chaque village du district compte au moins un dément, livré à lui-même et vivant en marge de l'ordre social. C'est en général un fou, mais dont la folie est tragique. Jamais ces montagnes n'ont engendré de fou heureux, l'un de ceux dont, parfois, les sages envient l'existence insouciante. Non, ce sont plutôt des hommes et des femmes – des femmes qui sont aussi en dehors de l'ordre naturel – frappés par une mélancolie universelle, qui souffrent de leur état et de ne pouvoir en sortir.

L'aliéné d'Abinei, c'est Alfredo, mais personne ne se souvient plus de son nom et tout le monde l'appelle Vautour, car il survit en disputant aux chiens les restes de table.

Le vendredi matin, Vautour se présente à Dehonis et Marini, et, sans dire un mot, retire sa liquette crasseuse. Sur son flanc gauche s'étire une plaie, longue mais peu profonde, bleuâtre et recouverte d'une croûte épaisse.

« Qu'est-ce qui t'est arrivé ? C'est un coup de couteau ? »

Vautour est fou, mais pas idiot et sait construire une phrase. Ce qui, d'habitude, manque à sa conversation, c'est la cohérence, mais, comme cette fois c'est sa peau qui est en jeu, il se montre assez lucide :
« Un coup de couteau. Mais j'ai couru plus vite. Il avait un cheval. Mais dans les bois, c'est moi le meilleur. Il m'a suivi, mais je l'ai semé.
— Qui ?
— L'homme avec la barbe qui tenait la femme. »
Dehonis et Marini sursautent.
« La femme ? Quelle femme ? Où ?
— Au rio Neulache. Je ne sais pas qui c'était.
— Et lui, qui était-ce ?
— Il avait une barbe noire.
— Il faisait nuit ?
— La lune brillait. Elle était prisonnière, sinon elle se serait sauvée, comme moi, mais il l'avait attachée, je les ai bien vus. Ou alors elle était morte, parce qu'elle ne bougeait pas. »

Ils ne tirent rien de plus du bonhomme. Pierluigi lui donne du pain rassis et il s'en va, silencieux, sans se rhabiller.

« Pourquoi lui as-tu donné du pain rassis ? » demande Efisio qui ne comprend pas à quoi rime une telle charité.

Pierluigi regarde Vautour s'éloigner en sautillant : « Il ne veut pas de pain frais, il ne sait même pas ce que c'est.

— Mais il n'existe aucun homme enjoué dans la région ? Qu'ils soient fous ou sages, ils sont tous sinistres, par ici ! En moins d'une semaine, j'en ai quasiment momifié deux et j'ai déjà un troisième candidat... quel succès ! Dans ce village, les ivrognes, même, ne chantent pas et ne rient pas !

– Ils n'ont pas beaucoup de raisons de se réjouir, Efisio. La vie est dure, trop dure pour qu'on se paie le luxe d'être content, même une fois de temps en temps. Quoi qu'il en soit, nous avons du nouveau : cette nuit-là, Graziana était avec un homme. Il faut prévenir le capitaine Pescetto. »

Efisio est songeur : « Oui, mais va savoir si c'était la nuit de l'assassinat.

– Ils n'étaient pas au rio Neulache par hasard.

– C'était peut-être leur lieu de rendez-vous habituel. Peut-être le barbu était-il son amant.

– Et il l'avait attachée sur son cheval, ou bien elle était évanouie ? La blessure de Vautour n'a pas plus de quelques jours. Cela fait beaucoup de coïncidences, Efisio...

– C'est vrai. Tes observations sont très justes, très justes. En effet, ça se pourrait... Tu as raison, Pierluigi, je suis trop pessimiste, j'exagère, c'est mauvais signe... Nous informerons Pescetto. »

Efisio descend contrôler l'embaumement de Graziana. Il la contemple longuement. Elle semble beaucoup plus vivante que bien des villageois. Elle dégage davantage de vie et d'énergie... Il espère vraiment que son corps pourra l'accompagner à Cagliari, ou même à Naples... Elle mérite une lumière plus vive, plus de soleil, la mer et l'admiration... Il avait réussi à la conserver encore sur cette terre pour une durée plus longue que sa propre vie... Ce n'est pas une victoire, certes... mais au moins ne serait-elle pas profanée... et c'est à lui qu'elle le devrait... Si belle que même ses légères imperfections paraissent la touche finale à son chef-d'œuvre... Il ne croit pas qu'elle ait jamais aimé Rais Manca, cet homme graisseux, lourd, cette montagne de suif... il ne pense pas qu'elle ait jamais aimé personne... Elle représente une telle exception qu'elle n'aurait pu être amoureuse que d'une autre exception... Rais Manca ? Graziana connaissait-elle la valeur de l'argent et ce qu'on peut en faire ? Oui, elle savait sûrement... Mais tout cela n'a aucune importance. L'important, c'est qu'il l'emmène avec lui, loin de tous ces gens. Ils partiront aujourd'hui.

Ah, les yeux, les yeux sont très réussis...

Le processus de cristallisation du corps se prolonge jusqu'au début de l'après-midi. Puis, avec l'aide de Dehonis, il le place dans un simple cercueil plein de bandes et de paille pour atténuer les effets des cahots pendant le voyage.

Pescetto arrive. L'escorte qui l'a accompagné de Nunei installe le cercueil sur le cabriolet. Le capitaine remet à Marini des papiers pour le procureur de Cagliari et le salue : « Docteur, ce fut un honneur de vous rencontrer. Je vous ferai personnellement parvenir toute information concernant ces affaires, que ce soit à Cagliari ou à Naples, n'en doutez pas. Et j'ose espérer que, si l'une de vos intuitions venait à vous illuminer, vous ne manqueriez pas de m'en faire part. Merci pour tout. Bon voyage. Reposez-vous sur le brigadier Digosciu : c'est un bon carabinier, ne vous fiez pas à son apparence. »

Il a déjà salué Pierluigi, ils se sont regardés, embrassés, d'une étreinte encore trop osseuse, et ils se sont fait la promesse d'un voyage à Naples. Il monte sur la calèche et, soulevant un nuage de poussière, part pour Cagliari.

Au soleil couchant, fatigués et la bouche empâtée par la poussière, ils arrivent à Estrenìa. Dans l'auberge pouilleuse qui pourvoit aux besoins les plus élémentaires des voyageurs de la route de l'Ouest, on leur remet un message.
« C'est pour vous, c'est un berger qui l'a apporté ce matin. »
Efisio décachette l'enveloppe et lit. Ce sont quelques lignes, rédigées d'une écriture presque enfantine :

Cherche l'*aigle* dans le ciel
et si tu y parviens capture-le
mais elle est trop grande pour tes forces
la *maison de l'or* qui le protège.

Celui qui a imaginé cette devinette n'est pas celui qui a tenu la plume. Il remet le message au brigadier Digosciu, après en avoir pris copie.
« Brigadier, remettez ce message à votre capitaine quand vous retournerez à Nunei. Nous saurons un jour qui l'a écrit et qui l'a dicté, vous verrez. Ici, je n'ai pas vu de maison de l'or, et pas d'aigle non plus. »
Ne pas chercher à mettre de l'ordre dans ses idées. D'elles-mêmes, chacune viendra prendre sa

place. Il est paresseux, et qui naît rond ne meurt pas carré, à la rigueur il devient rectangle, mais jamais carré. C'est peine perdu que de vouloir s'y essayer... À quoi bon ?

Le lendemain matin, à l'aube, après une inspection de Graziana, et après l'avoir regardée pendant quelques minutes, rassuré, il part avec son escorte.

Avec la campagne et la proximité de la mer, il recouvre le calme que la montagne et les ombres étirées d'Abinei lui avaient peu à peu enlevé. Le vent, le ciel sans nuages rendent le voyage plus léger, et moins pénible de transporter la jeune fille de pierre.

Enfin, le ciel devient vaste comme un vrai ciel et plus rien ne le clôt.

À midi, ils s'arrêtent pour déjeuner, et, l'après-midi, commencent à longer le rio Piccocca, signe qu'ils ont parcouru les deux tiers du voyage. La nuit, ils dorment dans un village au bord de la route, plein d'orangers qui mettent enfin un peu de gaieté dans leur petit cortège funèbre. Dans les rues parfumées, on entend même des sérénades.

Lundi, ils traversent le massif des Sette Fratelli, d'où descendent d'autres torrents, les lauriers-roses se font plus hauts et moins avares de fleurs qu'à Abinei, et la pierre, dans le fleuve, est d'un beau blanc qui nettoie l'esprit d'Efisio. Au sortir d'un col plus élevé, ils arrivent aux tournants depuis lesquels on voit la plaine et, au fond, la ville, claire, haute entre les étangs et le golfe. Enfin, le ciel devient immense, si grand que chacun a l'impression de mieux respirer.

Graziana, si tu pouvais voir ce spectacle !

Lundi après-midi, après avoir confié la statue au

professeur Legge, de l'institut d'anatomie, il reste quelques minutes seul avec elle, puis prend congé du brigadier et de son escorte.

En ouvrant la porte de sa maison, il lui semble avoir été absent très longtemps, et, surtout, avoir vécu dans un monde très éloigné. Les rues, le mouvement, les immeubles, les collines, avec leurs agaves et leurs palmiers, et la mer lui apparaissent comme les signes d'une grande civilisation qui n'est pas près d'atteindre Abinei. Pourtant, il sait bien que Cagliari même ne tardera pas à le lasser. Cependant, songe-t-il, mieux vaut jouir de ce sentiment très vif de s'être libéré d'une oppression.

Il n'y a pas d'eau au robinet, et il doit aller aux bains publics pour enlever toute cette poussière accumulée en cent soixante-dix kilomètres. De retour chez lui, il écrit une lettre indignée à l'ingénieur Craig, président de la société des eaux. Il écrit qu'il est scandalisé et que, mille huit cents ans plus tôt, les Romains étaient capables de fournir en eau le moindre endroit de la ville, à toute heure de la journée, et qu'ils avaient vaincu la sécheresse. Il termine par une invocation à l'eau qui s'achève sur un *eripuit cælo fulmen !* mais en rappelant à l'ingénieur qu'il serait hautement improbable de voir des éclairs dans ces cieux avant le mois de novembre.

Puis il envoie un billet à Giorgio Asproni pour lui demander un rendez-vous.

Sur sa lancée, il rédige l'ébauche du discours qu'il doit prononcer devant la Société des ouvriers. Ils veulent le couronner pour ses travaux, et ils lui ont demandé un discours sur la mort et sur l'au-delà.

Il commence par une idée qui lui trotte dans la tête depuis quelques jours :

> Je voudrais vous parler de la respiration. Du premier et du dernier souffle. C'est la respiration qui ouvre et qui clôt notre existence. J'aurais pu commencer mon discours en parlant du cœur, du dernier battement, mais je n'aurais pas su vous parler du premier...

La salle blêmit.

> ... parce que c'est autre chose : le cœur commence à battre avant même la naissance, vous le savez bien. Non, non, le vrai signe que nous sommes au monde des vivants, c'est la respiration. Dans le ventre maternel, nous ne sommes qu'une sorte d'organe supplémentaire à l'intérieur d'une membrane qui n'est pas à nous, avec les artères d'un autre être, aveugles, comme tout appendice : bref, la vie ne nous appartient pas encore. Nous en prenons possession à la date et à l'heure exactes où l'air s'engouffre dans nos poumons. Respirer est une action compliquée et nous ne pouvons pas la conserver. Nous conservons des mèches de cheveux, nous conservons des objets que nous tenons dans nos mains, comme si nous touchions l'être qui les possédait, nous conservons des lettres, des vêtements, des lunettes. Respirer est une action sublime et compliquée, qu'on ne peut imiter ni conserver...

Il ne peut poursuivre. Il pose sa plume, pense à Graziana qui se souciait sans doute bien d'entendre parler de l'éternité !

12

Efisio Marini se considère comme l'unique gardien de la mémoire de Graziana ; encore n'a-t-il pas clairement perçu que, depuis sa mort, cette femme a grandi en lui, qu'il la voit désormais comme son Eurydice de cristal. Il n'a pas clairement perçu que sa douleur s'apparente à une jalousie un peu sénile, qu'elle est plus émoussée que chez les jeunes gens, mais aussi plus lancinante, plus durable.

Asproni est ponctuel. Il n'est pas homme à fréquenter les cafés, et il lui a donné rendez-vous à la darse, sur ce bac qui sert à observer les grandes méduses du port au travers d'une plaque de verre installée en son centre.

« Rais Manca ? Voilà quelqu'un que je préférerais ne pas voir dans mon parti, mais qui lui est utile, et pas qu'un peu ! Mazzini frémirait rien qu'à l'entendre... et à le voir. Mais, sans lui, les libéraux n'auraient pas une seule voix dans la région.

– À ton avis, c'est un violent ?

– Il est, sans aucun doute, capable de violences... Il paraît que son père considérait que le vol de bestiaux n'était pas un crime, mais une activité naturelle de l'homme... un éducateur de cet acabit a sûrement dû lui léguer quelque chose. Il entretient des rapports avec les contumaces de la région qui, je crois, sont entre ses mains de véritables instruments pour convaincre ses adversaires, ses ennemis et ceux qui ne l'apprécient pas. Mais je ne saurais te dire jusqu'où il est capable d'aller. Ce qui est sûr, c'est que, si tu lui donnes une gifle, il est homme à sentir la douleur jusqu'à l'autre joue, et alors...

— Il peut tuer ? »

Asproni ne répond pas et, après avoir observé en silence une grosse méduse violette qui, au même moment, passe sous la plaque de verre, il murmure : « Je vais te dire quelque chose que je ferais mieux de taire, Efisio. Tu comprends ce que cela veut dire ?

— Je t'assure que je ne ferai aucun usage de ce que tu vas me dire, que je me contenterai de le classer dans ma tête, avec les autres informations que j'ai pu recueillir. Cela ne franchira jamais mes lèvres. »

Nouveau silence, nouveau regard à la méduse : « Rais Manca a probablement fait tuer, il n'a pas tué de ses mains, et, je te le répète, je ne sais pas s'il en serait capable...

— Il a probablement fait tuer, tu as bien dit probablement...

— C'est-à-dire que les magistrats n'en ont pas la certitude. Il a été accusé par un forçat d'être l'instigateur du meurtre de Gonario Addari...

— Je ne veux pas en savoir plus... C'est tout... de toute façon, à quoi ne faut-il pas s'attendre de la part d'un tel homme ?

– Pour ça, on peut dire qu'il est violent et vulgaire... si tu l'avais vu, lors du dernier carnaval, étaler l'une de ses conquêtes, une femme de sa région, une beauté ! Un homme marié, qui faisait passer pour sa nièce cette espèce de déesse des montagnes ! Au théâtre, à la promenade, partout. Il lui faisait arranger le mouchoir dans sa pochette, pour montrer à tout le monde... »

Efisio sent une main lui serrer l'estomac, il l'interrompt : « Il est allé jusque-là ? » et il se rend compte que la main serre plus fort.

Lorsqu'ils se séparent, Efisio a l'impression d'avoir été balafré, mais il ne comprend toujours pas que cette sensation de malaise est de la jalousie. Il sait simplement que tout se tient, que Rais Manca a tout ce qu'il faut pour être un assassin et toutes les protections nécessaires pour n'être pas poursuivi – et ça lui fait mal. La jalousie – qui n'est pas motivée par une infériorité, physique ou intellectuelle, mais par le fait qu'il n'a pas connu Graziana plus tôt, qu'il n'a pu lui expliquer qui était ce Rais, avec cet abdomen gonflé d'un millier de langues criant son nom et œuvrant à augmenter sans cesse son royaume de chair –, la jalousie le brûle de ses acides.

Mais Efisio a un trait de caractère que même ses amis, trompés par ses façons de bateleur, connaissent mal : c'est un homme de substance, depuis qu'il est jeune homme, depuis l'époque de son maître piariste, qui avait tout compris de lui, même ce plaisir de s'exhiber qui se donne parfois libre cours sans jamais l'éloigner des faits ni des choses.

Les semaines passent, et la douleur évolue mais ne s'atténue pas. Comme il a conservé le corps de Graziana, qu'il la voit et communique chaque jour avec elle, la mélancolie diminue un peu dans ces moments, mais elle redevient douloureuse, le soir, face aux couchers de soleil d'un torride équinoxe. Aussi, quand, dans le ciel, la lumière devient violette, Efisio allume toutes les lampes de la maison : l'obscurité a bien le temps.

Cependant, sans qu'il le veuille, son cerveau réfléchit, en se risquant dans des voies souterraines, aux morts d'Abinei, à Rais Manca et à la construction de l'accusation parfaite pour ces meurtres magistraux.

C'est son cerveau et aussi un peu son cœur qui le poussent à entrer, un matin, dans une pharmacie de la place Santa Teresa, en bas de l'appartement de Rais Manca à Cagliari. La pharmacie est plongée dans une ombre fraîche.

« Bonjour, je cherche le docteur Galupo.

– C'est moi », répond une petite tête jaunâtre et myope qui semble posée sur un comptoir trop haut pour son propriétaire. « En quoi puis-je vous être utile ? Auriez-vous lu dans les journaux des articles sur notre cure miraculeuse des ulcères gommeux ? Trois piqûres suffisent, et vous ne payez que quand vous êtes guéri.

– Non, merci. Je n'ai aucun ulcère d'aucune sorte. Je suis simplement venu vous poser une question : vendez-vous de l'acide psammique ?

– Le sable mortel ? Je peux vous en préparer en un tournemain.

– On vous en demande souvent ? Ou est-ce une requête insolite ?

– Pour dire la vérité, vous êtes le premier depuis des mois. La dernière fois, c'était une femme qui en avait besoin pour tanner je ne sais quelles peaux, peut-être pour confectionner un sayon en peau de mouton.

– Une jeune et jolie femme ?

– Je me la rappelle fort bien », ses deux grands yeux brillent comme des pois chiches et ses verres de lunettes s'embuent. « Le sable empoisonné et une jolie femme : autant de dangers... mais combien compte-t-on de poisons en ce monde ? Une infinité ! »

Efisio se dérobe à la conversation et, tout en gravissant les escaliers vers les remparts de son quartier, il rumine dans son propre style : Graziana meurtrière ! Avec le grotesque Rais Manca comme complice ! Le répugnant satyre qui exhorte la nymphe des bois au meurtre ! Une fois riche, elle aurait été acceptée par le monde, fût-ce au rang de maîtresse. Voilà ce qui lui manquait : le saut social vers ce satrape en sueur... Graziana, Graziana, que représentait pour toi ce scintillement bourgeois ? Pourquoi accepter qu'on te traite de cette façon ? Quel ascendant tu aurais pu avoir sur les hommes ! Si tu avais vu la face de salamandre du pharmacien... de jaune qu'elle était, elle est devenue orange quand il s'est souvenu de toi.

Chez lui, il se prépare un sirop frais et met la dernière main à l'ode qu'il compose depuis plusieurs jours :

Sous terre ne seras jamais squelette et cendre,
Cachée à nos regards par une pierre tendre.
Et l'infini mystère de notre destin,
Je le protégerai des décrets surhumains.
Tu inspireras donc, ô toi, fille d'Égée,
Désirs sans fin, brusques pâleurs, vagues pensées.

Ores, dis-moi, nature cruelle et hostile,
Comment pourrais-je donc, moi qui suis frêle et vil,
Dissiper tes ombres et vaincre la poussière,
Laisser couleur et lumière sous les paupières ?

Puis, au lit, dans la pénombre, un éclair traverse son esprit : Fille d'Égée ? fille d'Égée ? Il est bien question d'Égée ! Fille d'un berger qui, pendant Dieu sait combien d'années, s'est tu en courbant le front quand sa femme rentrait de ses rendez-vous avec le notaire... et, quand elle était enceinte d'un enfant qui n'était pas le sien, il s'est encore tu. Quand je m'imagine à sa place, j'ai le foie qui gonfle... Je ne peux même pas concevoir toute la haine que doit accumuler un homme dans sa situation... quelqu'un qui se tait n'en pense pas moins, il rumine, il rêvasse, et va savoir ce qui lui passe par la tête... il faudrait mieux connaître ce saint Joseph... qui, après avoir souffert dans la solitude, vieillira et mourra dans la solitude. Il se lève et va s'asseoir à son secrétaire pour écrire :

Réfléchir, réfléchir au père putatif. Meurtrier en puissance. Mobiles, hypothèses, faits : Efisio, mets de l'ordre dans tout cela, mets de l'ordre.

13

Les deux meurtres ont bouleversé la vie et les journées de don Càvili, qui passe tout son temps enveloppé dans un nuage que seule la forêt lui rend supportable. Le nuage le suit partout, flotte la nuit autour de son lit, et change continuellement de forme, car c'est le nuage d'un insomniaque qui évolue avec ses pensées.

Mais rien n'a changé dans la vie du village, ni les chiffres ni les habitudes.

À la fin du mois de juin, le capitaine Pescetto, qui se partage entre la chasse aux bandits de la montagne et la recherche de nouveaux indices dans les affaires Milena Arras et Graziana, convoque Pirinconi et Caddori, les chefs minéraux du village, à la caserne de Nunei. C'est là que se déroule la conversation entre les deux champions vieillissants d'Abinei et l'officier des carabiniers.

« Ce n'est pas parce qu'on fait trente cardinaux qu'on en fera trente et un, dit Pirinconi.

– Mais vous avez quelque chose à raconter ? La justice sait écouter, ayez confiance.

– Tout ne mérite pas d'être dit, et, d'ailleurs, souvenez-vous, mon capitaine, que le bien d'un seul n'est à personne, le bien de trois est à tout le monde. »

Caddori ne se tait pas : « Chacun sait de quoi sa besace est remplie.

– D'accord, Caddori, mais peut-être savez-vous quelque chose que la justice ignore.

– Qui ne sait se taire ne sait se plaire.

– C'est en cherchant les cornes du voisin qu'on trouve celles qu'on a sur le front », répond Pirinconi avec hauteur.

Un duel sénile.

« Le cuit ne redevient pas cru.

– Celui à qui on a blessé ses vaches en connaît la raison.

– Qui danse au carnaval pleurera au carême.

– Qui pense mal fait pis. »

Pescetto n'en peut plus : « Assez ! Assez ! Taisez-vous ! » Puis, soudainement inspiré : « N'oubliez pas que la justice prend quelquefois le lièvre avec un chariot à bœufs. »

Les deux vieillards considèrent le jeune officier, stupéfaits et admiratifs devant cette conversion : « Jeune mais sage !

– Je m'en souviendrai de celle-là. »

Pescetto croit avoir enfin ouvert une brèche : « Si vous avez quelque chose à dire, parlez sans tarder. »

Mais les deux bonshommes sont inexorables : « Qui honore les morts redoute les vivants.

– Herbe fraîche parfois brûle.

– Et alors ? » demande Pescetto en s'efforçant de garder son calme.

« Alors, le village ne sait rien sur ces morts. Si tu ne veux pas qu'on te mente, ne pose pas de questions.

– Le village ne sait rien », confirme Caddori.

L'officier se laisse tomber sur son siège. Et, après leur départ, il se confie au brigadier : « Et on les appelle les sages du pays ! Je n'ai pas le courage d'imaginer comment sont les autres ! Ils ne savent rien de rien, et, même s'ils savaient, ils ne pourraient pas me le dire, et, même s'ils pouvaient me le dire, ils ne voudraient pas parler, et, s'ils voulaient parler, ils n'accepteraient jamais de témoigner au procès. »

L'accoucheuse, avec laquelle il a un entretien dans l'après-midi, sera assurément plus concrète que les deux vieux chefs.

Antonia croise ses jambes nerveuses, ses yeux ne s'arrêtent jamais au même endroit, et elle écoute : « Antonia Ozana, vous savez que nous soupçonnons le meurtrier d'être une personne pleine de fantaisie et d'une intelligence pernicieuse. C'est le docteur Marini en personne qui parle ainsi. »

Elle fronce le nez : « Et vous auriez trouvé chez moi ces deux qualités, capitaine ? La fantaisie, il y a longtemps que je l'ai perdue dans ce village... L'intelligence pernicieuse, j'ai dû la tenir bien cachée durant toutes les années que j'ai passées à combattre ces femmes sauvages.

– Ne prenez pas ce que je dis en mauvaise part.

Mais vous êtes une rareté dans la région, vous avez étudié, vous êtes une femme à poigne, décidée...

– Si l'on sait lire entre les lignes, ce "femme à poigne, décidée" résonne comme une insulte, une faute...

– Mon travail n'est pas agréable, Antonia Ozana, ne me le rendez pas plus compliqué... Plus que le prêtre, vous êtes responsable de l'équilibre du village. Vous êtes comme le docteur...

– Le docteur ? Que voulez-vous dire ?

– Je dis que Dehonis vit dans la proximité de la mort.

– C'est son travail.

– C'est-à-dire qu'il sait comment on meurt, il sait ce qui fait mourir les gens... »

Antonia tape du pied par terre et éteint sa cigarette d'un geste qui paraît cruel à Pescetto, comme si elle voulait la lui écraser dessus : « Capitaine, posez-moi les questions que vous avez à me poser, et si vous en avez à poser à Dehonis, adressez-vous à lui. Je vous écoute. Si je suis celle que vous soupçonnez, je saurai vous répondre, vous tromper, et vous ne vous en apercevrez même pas. »

L'accoucheuse, fidèle à sa réputation, oblige l'officier à conduire un interrogatoire parfaitement inutile, mais qui a quand même pour lui cet avantage de remplir plusieurs feuillets, preuve que l'enquête avance. Et Antonia s'en va, faisant résonner avec espièglerie ses talons de dame de la ville jusqu'au coin de la rue.

Tout en balayant le parvis, Maria Elèna crie à Saturnino, qui est dur d'oreille : « Pauvre don Càvili, il ne peut pas oublier ! On dirait qu'on lui a brisé le cœur. Moi, j'ai l'impression qu'il exagère ! Aujourd'hui, il ne voulait pas que je noie les pigeons dont on lui a fait cadeau, il criait comme un forcené que c'est un village de barbares... mais comment voulait-il que je les tue, ces pigeons ? »

Saturnino lui répond : « Il a raison. Tu es de bois, Maria Elèna ! »

Le corps de Saturnino est rabougri, mais il a été fait avec une telle économie de moyens, il en est résulté une telle torpeur végétale, qu'il s'est vu assurer une longue et lente existence, qui ne donne qu'un jus avare, sans qualité, mais cuit à petit feu.

La vieille le menace, plumes hérissées : « Prends garde à ce que tu dis.

– Il a perdu deux créatures et les a retrouvées mortes. Il y a de quoi pleurer. Et puis, mourir de cette façon... Tiens, regarde comme il est voûté... Le voilà qui rentre... comme il est pâle, on dirait que ce n'est plus le même homme. »

Revenant de la forêt sur son cheval et dans son nuage, don Càvili est l'image même de cette tristesse qui s'attache aux hommes devant la mort, surtout lorsqu'elle est violente. Saturnino reconduit le cheval à l'écurie. Le prêtre saupoudre de mélancolie ce qui l'entoure, et sa servante a l'impression qu'il noircit tout ce qui passe à sa portée. Le nuage de don Càvili change constamment de forme, mais jamais de couleur. Il s'allonge comme une comète ou il devient si dense qu'il semble disparaître, ou il se dissipe en s'agrandissant. Mais il ne le libère jamais et ce noir de fumée devient la forteresse du prêtre où personne ne peut s'introduire.

« Vous ne devriez pas rester aussi longtemps tout seul dans la forêt. C'est rempli de mauvais sujets. Je sais bien que ce sont aussi vos brebis, mais ce sont des brebis féroces, avec des dents de lynx.

– Maria Elèna, au milieu des arbres, je cesse de compter... la douleur devient supportable et la tristesse se mue en mélancolie... les souvenirs mêmes pâlissent... grâce au Seigneur qui nous a donné la possibilité d'oublier... des brebis avec des crocs, dis-tu ? Des brebis avec des crocs... »

Coriace, la servante tient les paroles du curé pour les ronchonnements d'un atrabilaire, et elle insiste : « Vous étiez à la cabane de Miali, celle qui a été construite à la suite d'un vœu, n'est-ce pas ? Là-bas, la Madone vous protège... mais l'endroit est solitaire, et j'ai peur. »

Càvili ne l'écoute pas : « Les gens continuent de vivre comme avant, alors que rien n'est plus pareil... nous aussi, nous changeons, Maria Elèna : le sang coule et nous changeons. Seuls les chiffres restent inchangés... toujours les mêmes... les mêmes lignes dans le ciel et sur la terre se croisent de la même façon et c'est moi qui veille à la porte des âmes... Souviens-toi qu'il est une main dans le ciel, et que je l'ai vue. »

Le prêtre se retourne : quelque chose, encore, qu'il entrevoit mais qui lui échappe.

« C'était peut-être un nuage en forme de main... Maintenant que cet odieux citadin est reparti, nous sommes plus tranquilles. Je voudrais savoir ce qu'il faisait chez nous... Il est venu pour nous mépriser, il ne nous l'a pas caché. »

Càvili rentre à la cure et s'enferme dans sa chambre, suivi de son nuage sombre. Il entrouvre les volets et se couche, à la lueur d'une chandelle qui vacille, son regard fixant un point précis avec une expression imprécise.

Avec cette chaleur, Pescetto est en nage, au supplice, il est pressé et aiguillonné par ses supérieurs de Nunei, capables de tolérer l'assassinat traditionnel de ces contrées, de l'expliquer en invoquant la cruauté congénitale des bergers, mais incapables d'accepter qu'un village de montagne soit le théâtre de meurtres pour ainsi dire élégants. Il n'est pas tolérable qu'un assassin du district y ait mis les formes.

Comme il doit se passer de la collaboration d'Efisio Marini, le capitaine s'évertue à rechercher lui-même un suspect. Il voudrait de l'ordre dans les choses, une ligne unique qui le conduise à un point déterminé, mais il ne trouve que des tronçons, des petits morceaux sans direction et qui ne s'emboîtent pas. Il ne vient à bout de rien et ne produit que de la sueur ; difficile de s'orienter dans cette énigme, privé des suggestions de l'embaumeur fantasque et intuitif, quoique agaçant.

Aussi, un matin, après avoir observé, pensif, pendant des heures, une plate-bande de brillantes fleurs jaunes, cherchant en vain un réconfort et des idées, il lui télégraphie, désespéré :

Besoin urgent suggestions, lueurs, étincelle. Navire en panne sèche, bonace totale.

Six heures plus tard – ce qui prouve que le cerveau d'Efisio Marini est une pierre à feu et que, lorsqu'elle n'est pas mouillée par la confusion, il suffit de la frotter –, un télégramme parvient à l'officier :

Étincelle : père putatif muet depuis décennies. Vérifier. Silence suspect. Puis vérifier député amant Graziana, prudence sinon tempête et mâts cassés. *Beatus ille qui procul negotiis...*

Peu de temps après, Dehonis répond aux questions du carabinier : « Sisinnio Bidotti est une personnalité hors du commun, c'est vrai, capitaine. Il est vigilant, prudent, il s'est tu pendant trente ans...
– Trente ans ?
– Oui, depuis le début de la liaison – mais c'était plus qu'une liaison – entre sa femme et le notaire Demuro.
– Où était-il quand Graziana est morte ?
– Qui peut le savoir... il devait être embusqué quelque part avec ses brebis. Il n'est rentré au village qu'il y a quelques jours. Il n'a rien dit, même après avoir appris la mort de celle qu'il considérait comme sa fille.
– Bref, votre Efisio a sûrement une idée derrière la tête, mais il ne veut pas nous la dire ou il tient à ce que nous la devinions. Je me suis enquis auprès de don Càvili du sens de ces mots latins. Il paraît que c'est d'Horace... cela veut dire que l'on est bien-

heureux si l'on se tient à l'écart des affaires, comme le docteur Marini qui coule des heures paisibles au café. Et puis, vous imaginez la poussière que je vais soulever si j'interroge Rais Manca... Graziana, sa maîtresse ! Voilà une bombe dont la mèche est déjà allumée !

— Pescetto, si j'étais vous, je ne me poserais pas autant de questions. J'en viendrais aux faits et j'interrogerais d'abord Sisinnio. »

Devant la maison de Sisinnio Bidotti s'étend une tonnelle, la seule tonnelle du village ; en raison de l'indigence générale, elle apparaît comme un luxe aux yeux des villageois, plus encore maintenant qu'elle est en fleurs. On raconte que cette maison aussi est le fruit de la générosité du notaire Demuro, ce que Sisinnio peut également n'avoir pas digéré.

« C'est vrai, je savais tout et je détestais le notaire Demuro. À une époque, j'aurais aimé le tuer, même, j'aurais aimé l'égorger sur la place du village, devant tout le monde... mais à présent je suis vieux et mon regard a changé. C'est vrai que je suis allé jusqu'à détester Milena Arras... Je sais ce qu'on racontait sur moi... et même sur Graziana... Mais je n'y pense plus. De toute façon, même vivante, c'était du bois mort, et dans ma tête il n'y avait de place que pour ma fille... parce que, pour moi, Graziana était vraiment ma fille. Bonne, intelligente, elle m'a appris à écrire alors que j'étais déjà vieux, bref, elle m'aimait... »

Il n'a rien à ajouter.

Mais ces yeux petits, ronds et trop rapprochés ne convainquent pas Dehonis. Il croit que le caractère et le destin des hommes sont imprimés sur leur visage, comme les gitans croient à ce qui est écrit dans les lignes de la main, et la figure de Sisinnio n'est pas celle d'un agneau qui se sacrifie volontiers, bien qu'il ait soixante-dix ans passés.

En rentrant de cet interrogatoire, Pescetto se plaint à Pierluigi : « Nous ne viendrons jamais à bout de cette histoire... Il est vrai que personne ne sait jamais ce qui l'attend, mais c'est particulier à ce maudit village, nul ne sait rien sur rien !

– Devinez ce que vous répondrait Efisio... *Tu ne quæsieris, scire nefas !* C'est d'Horace, le seul vers dont je me souvienne. Ne demande pas, de toute façon tu ne peux pas savoir... » et il pense à son ami, là-bas, loin de l'atmosphère légère d'Abinei, suffoqué par le sirocco et dévoré par des moustiques sanguinaires. Puis il poursuit : « Que peut tramer et combiner le cerveau d'un homme qui n'a rien dit lorsqu'il a vu sa femme le tromper, qui s'est tu encore quand elle a donné le jour à une fille qui n'était pas de lui ? Il peut aller jusqu'à ourdir un plan parfait. Moi, c'est son silence qui me fait peur... Cet homme attend, il attend patiemment, puis... »

Dehonis supplée son ami même s'il sait, depuis l'époque de l'université, qu'il n'a ni son intelligence acérée ni son intuition.

Pescetto a tranché : « Il n'a peut-être pas tout dit. Demain matin, je l'emmène à Nunei pour un interrogatoire dans les règles. Dans ma situation, il ne faut rien négliger, vous ne croyez pas ? Je trouverai ensuite un moyen d'interroger le député... mais c'est un problème qui va m'empêcher de dormir pendant quelques nuits... Ça pourrait en effet déclencher une belle tempête... »

Le lendemain matin, le médecin sort à cheval pour ses visites. Il est à un quart d'heure d'Abinei et se délecte du vent frais qui lui caresse le visage quand un homme noiraud, armé, le visage masqué, saute d'un arbousier au milieu du chemin. Il pointe sur le médecin le canon de son fusil et jette à terre une feuille de papier froissée. « Prenez cette lettre ! Elle est pour vous et pour vos amis. Attendez que je sois parti pour la ramasser. »
Lorsque le bruit des sabots s'est éloigné, Dehonis descend de cheval pour ramasser la lettre :

> Je suis ami de ces montagnes. Je ne retournerai plus jamais au village. Je mourrai dans les forêts, à l'air libre, et on ne m'enfermera pas dans un cercueil obscur. Que le ciel me vienne en aide et que le ciel soit. Sisinnio Bidotti.

Comme ils sont grandiloquents, par ici ! Voilà que même Sisinnio le silencieux fait des proclamations ! Et tous, vraiment tous, ont des vocations de trappistes... mais il ne veut pas finir dans un cercueil obscur ! Le pauvre vieux, prendre le maquis, à son âge... ils ont même un verbe pour dire que quelqu'un se fait bandit... ce dialecte est pauvre mais il a un mot que les autres n'ont pas... Dormir à la belle étoile à soixante-dix ans ! Il ne faut jamais sous-estimer les hommes silencieux...

Plus tard, à la caserne, il remet la lettre à Pescetto et lui demande : « Et maintenant, capitaine ?

– Maintenant, il va vivre sous le coup d'une condamnation qui pèsera sur lui jusqu'à sa mort. Je suis fatigué de ces gens-là... savez-vous combien ont choisi la montagne ? Je suis fatigué, docteur... Voilà sept ans que j'ai quitté Gênes pour vivre au milieu de ces Vendredi, pardonnez-moi, mais vous savez ce que cela signifie. Je ne les déteste pas, mais je ne les comprends pas... À votre avis, Dehonis, combien de générations faudra-t-il pour que ces gens commencent à changer ?

– Combien en a-t-il fallu à votre famille pour arriver jusqu'à vous, Pescetto ? Quatre, cinq ? Un siècle ? Ici, cela prendra plus longtemps... Je ne sais pas... Ici, l'histoire ne passe pas, elle est trop occupée ailleurs... et peut-être, dans cent ans, y aura-t-il encore un capitaine des carabiniers traquant les bandits dans la montagne... et le nombre d'habitants à Abinei n'aura pas changé...

– Je crois que, après cette disparition, l'audition du député Rais ne paraît plus aussi nécessaire...

– Capitaine ! Je crois au contraire qu'il est nécessaire d'éclaircir la position de Rais Manca, pour deux raisons : la première est que votre devoir vous l'impose, la seconde est qu'il doit avoir préparé avec soin une réponse à vos questions et qu'il vous attend... Il vous racontera plus ou moins l'histoire qu'il a servie à Efisio. Et puis, pardonnez-moi, mais de quoi avez-vous peur ? Qu'on vous envoie dans une région pire que celle-ci ? Où serait-ce, dites-le-moi, j'ai du mal à l'imaginer ! »

Antonia Ozana repousse les deux chaises, enroule la natte et la jette hors de la maison. Puis elle regarde la femme qui, de ses deux mains, presse son ventre énorme, et elle réprimande la vieille femme, au visage plein de rides et de kystes, qui se tient près d'elle : « Vous ne voulez pas comprendre que ça, c'est la façon dont les animaux mettent bas ? Tu voudrais faire ça sur une natte, juchée sur deux chaises ? Tu n'es pas une chèvre dans son pré... regarde, il y a du sang partout... Pourquoi avez-vous creusé ce trou dans la cour, pourquoi ? »
Pas de réponse.
La vieille interpose ses os devant la jeune femme. Antonia la repousse, comme elle a fait avec les chaises, et la prévient, d'un regard, qu'elle pourrait aussi l'envelopper dans la natte. Elle caresse le ventre de la femme, l'allonge sur le lit et lui murmure : « Pourquoi ne pas m'avoir dit que tu étais enceinte ? Il faut que j'apprenne ça au dernier moment ! Où est ton mari ? »
Ada a trop mal pour répondre et, de toute façon, elle ne se soucie pas de son mari, qui est dans la montagne depuis des semaines, elle a perdu les eaux le matin, le soleil va se coucher et l'enfant n'est toujours pas sorti. Elle souffre et pleure. La douleur, la continuation de la douleur qui semble n'avoir pas de fin, mais dont elle redoute pourtant la conclu-

sion plus que la mort : « Je veux mourir, Antonia Ozana, mieux vaut mourir... je souffre trop... »

Antonia Ozana passe sa blouse. Elle lave le ventre d'Ada et le désinfecte avec un liquide jaune qui effraie la vieille : Ada ressemble ainsi à une grande tache qui souffre, hurle et se tord. Il suffisait de la laisser accroupie, une jambe sur chaque chaise, d'étendre la natte, et d'attendre l'enfant ; elle, qui en avait tant vu, s'en serait occupée.

« Comment veux-tu l'appeler ? demande Antonia.
– Sebastiano. »

Et, sur le visage de la jeune fille qui répond à la question, un intérêt, une attention, un peu de force, émerge de la souffrance.

« Encore un Sebastiano ? dit Antonia. Ça suffit... Nous lui trouverons un autre prénom... enfin, voyons ça, voyons ça. »

L'accoucheuse ausculte, caresse Ada et ausculte encore.

« Nous allons le faire sortir... il va sortir, mais tu dois m'aider. Allez, mets-toi comme ça, voilà. »

Puis elle la prévient qu'elle va lui faire mal et Ada hurle. Pas une ride de la vieille ne bouge, mais elle se demande ce que fait cette femme avec cette main là-dedans. Antonia la regarde et elle a l'impression qu'elle tient les comptes de la douleur, comme un pauvre orfèvre compte ses petits grains d'or.

À la fenêtre de la chambre paraît l'ombre des montagnes et tout devient plus sombre. Plus sombre, aussi, le ventre d'Ada qui a encore des forces et que l'accoucheuse frictionne en guettant les signes.

Antonia consulte la montre d'homme qu'elle range dans son sac.

C'est une femme impatiente, quand elle frappe à une porte, elle tape toujours du talon par terre, parce qu'elle est incapable d'attendre, et les gens la reconnaissent à sa démarche. Mais, à présent, la porte qu'elle doit ouvrir n'est pas en bois, et elle s'assied au bord du lit.

La lumière expire dans la chambre, et il faut allumer les bougies. Elle construit un petit autel autour de l'obscurité d'Ada.

Soudain, elle pense : Et les chiffres ? Un nouveau chiffre au village ? La maman et l'enfant en moins ? Ou la maman en moins et l'enfant en plus ? Un nouveau-né et une morte ? Càvili : un nouveau-né ou une morte ? Càvili, tout s'équilibre ou tout se déséquilibre ? Nous allons voir, nous allons voir maintenant... Le premier souffle, le premier souffle.

Un cri fait se dresser les kystes de la vieille, et le beau visage malicieux d'Antonia n'hésite pas entre la peur et la colère, les bougies s'éteignent et elle pense au trou creusé dans la cour, où la vieille aurait jeté l'enfant.

Dans la nuit opaque d'Abinei, dans des épanchements de liquides vitaux, ce qu'il y a de plus vital au village vient d'apparaître : un enfant bleu, ensanglanté.

Antonia rallume les bougies et secoue l'enfant, le pince et le secoue encore.

14

Efisio Marini n'est pas passé maître dans l'art de se juger soi-même. L'objectivité qu'il professe comme un credo lui fait défaut dès qu'il s'agit de lui. Il a, c'est vrai, une haute idée de ses capacités mais, en réalité, pour s'attribuer une valeur, il attend, presque infantilement, le jugement d'autrui. Un compliment, un bravo n'ont aucun mal à le convaincre et sont une médecine qui lui adoucit le sang. Ainsi, l'admiration de Pescetto, l'estime de Dehonis et l'intérêt manifesté par don Càvili encouragent son envie de comprendre et d'étonner, ce qui, une fois encore, s'explique par son côté puéril. Mais un désir, surtout, est né et s'est ramifié dans son esprit : il veut prouver sa supériorité à celui qu'il considère comme le corrupteur de Graziana, Rais Manca, le député en nage qu'il voudrait humilier jusqu'à le faire pleurer.

Chaque jour, il se rend à l'établissement de bains du *cavaliere* Michele Carboni, qui lui réserve un parasol abrité du vent, un service diligent, le sable blanc et chaud, souverain contre les rhumatismes.

Lorsqu'il ouvre le journal, en cette éblouissante matinée de la mi-juillet, sa cigarette lui tombe des lèvres et il manque de s'étrangler avec son granité au tamarin.

Le gros titre de la une : « RAIS MANCA ASSASSINÉ À NUNEI ». En sous-titre : « Le député a été horriblement massacré. » Suivent le récit du crime et une nécrologie signée par le député Cocco Ortu, chef de file des libéraux de l'île.

Tandis qu'il lit ces articles, Efisio entend dans sa tête des cloches sonner en même temps le glas et à toute volée.

Le crime a eu lieu à l'orée du village, juste après le coucher du soleil. Rais Manca rentrait chez lui, seul, à cheval et armé. L'assassin avait tendu un fil de fer entre deux troncs d'arbre à un endroit où le chemin était en pente et où le cheval aurait déjà pris une telle vitesse qu'il n'aurait pas pu s'arrêter à temps. Le cavalier et sa monture s'effondrent. Profitant de la chute, l'assassin transperce le cœur de l'homme tombé à terre à l'aide d'un long poinçon dont l'extrémité – détail macabre rapporté par le journal – va se ficher dans le sol auquel il cloue la victime. Puis il s'acharne sur le cadavre en lui découpant la main gauche. Jamais, écrit le journaliste, on n'a vu autant de cruauté et de détermination.

Pour ce qui est de la cruauté et de la détermination, le journal se trompe, car la chronique de l'île regorge de crimes féroces perpétrés par des mains qui ne tremblaient pas. Efisio avale d'un coup le granité au tamarin pour rafraîchir son cerveau congestionné par le soleil et par les événements. Il songe à la main coupée de Rais, à ces doigts boudinés qui ne se pliaient jamais.

Graziana est au centre de toutes ces morts ! Mais j'ai trop de désordre dans la tête... du désordre ! Certes, la mort de Rais Manca est symbolique : cloué ! Et cette mutilation a un sens qui m'échappe ! Peut-être n'était-ce pas une mort nécessaire et n'a-t-elle servi qu'à prouver que... que... que je ne sais pas. L'hostie aussi était symbolique. Ça pourrait laisser penser qu'il n'y a qu'un seul et même assassin, un amateur de symboles. Mais c'est Graziana qui a fourni le poison ! Ah, Niceforo, pourquoi n'es-tu pas là pour résoudre, avec ton double décimètre qui mesure les têtes, le rébus imaginé par un de ces crânes microcéphales ? Pescetto ou Pierluigi me raconteront tout cela : en retard sur les journaux ! Le monde galope et les nouvelles vont plus vite que les hommes...

Il passe la matinée à faire trempette dans les eaux du golfe azuré, en se répétant : Le même esprit, le même esprit meurtrier...

Chez lui, il trouve un long télégramme de Pescetto qui lui apprend que Sisinnio Bidotti a pris le maquis et n'ajoute rien aux nouvelles publiées dans la presse, si ce n'est que la main coupée de Rais Manca a été retrouvée devant la porte de sa maison de Nunei. Le capitaine est à la recherche du suspect principal : le vieux Bidotti caché dans la montagne.

Sisinnio a pris le maquis ? Bon, tout commence à rentrer dans l'ordre... toutes ces années de silence, c'était vraiment louche. Je n'arrive pas à plaindre Rais Manca, je n'y arrive pas...

Son libraire napolitain lui a envoyé un ouvrage du psychiatre Aaron Rosenbaum, qu'il a connu, il y a des années, à Vienne, lorsque, à la demande de l'université, il était allé pétrifier les têtes de certains condamnés à mort :

> PSYCHOLOGIE ET COMPORTEMENTS CRIMINELS
> PROFILS DÉLINQUANTS

Il se plonge dans la lecture et n'émerge que le soir, fatigué et affamé. Il regarde autour de lui.

Assis au frais, à la table d'un restaurant des fortifications, il note dans son carnet :

> Un assassinat est un rituel dont l'officiant est le meurtrier. Le rite, par définition, est constitué d'actions symboliques, qu'il s'agisse de donner un coup de poignard dans le cœur, siège de la vie, ou de scalper, pour libérer l'âme qui demeure dans la tête. Symboliques et homogènes lorsque plusieurs meurtres sont commis par la même main. J'appellerais cela le fil conducteur, la marque personnelle de l'assassin, son style. Certes, on le trouve dans toutes les actions humaines, mais il n'est pas souvent donné de le voir à l'œuvre, et il se manifeste particulièrement lorsqu'une action aussi grave que d'enlever la vie à l'un de ses semblables est commise. Quelle signification peut-on trouver au poison qui noircit les corps... à une main coupée ou à un thorax transpercé et cloué à la terre mère ? *Signa et res...* tout le monde est fait de symboles et de choses...

Le lendemain, il va voir Graziana. Sur le terre-plein, devant l'institut qui domine la place Yenne, à l'ombre d'un palmier, il tombe sur le gardien Paulis qui, de ce poste d'observation, juge l'univers en évitant soigneusement de se surmener et en fumant ses cigarettes : « Bonjour, docteur Marini.
– Bonjour.
– Regardez cette journée. Savez-vous ce que je dis, moi ?
– J'ai du mal à l'imaginer.
– Je me disais que la gloire, ce n'est peut-être pas mal, mais que ce ciel, cette mer, ce climat, vous ne trouverez ça nulle part.
– Cela peut vous paraître étrange, Paulis, mais, pendant que vous étiez perdu dans votre contemplation, le bon Dieu nous a fait la grâce de s'occuper aussi du reste du monde. Le professeur Legge est-il à l'institut ?
– Il y est depuis l'aube pour surveiller les travaux, vous le trouverez quelque part, pardonnez-moi si je ne vous accompagne pas.
– Ne vous dérangez pas. L'ombre des palmiers vous conservera longtemps.
– Le ciel vous écoute !
– Et puis, si les palmiers ne suffisent pas, je m'en occuperai personnellement. Comptez sur moi ! »

D'un geste, Paulis conjure le mauvais sort : il n'a jamais aimé Efisio.

Legge est aimable et affable. Au demeurant, Marini est une célébrité dans la ville.

« Cher Marini, quel plaisir ! Je sais que vous venez souvent voir votre statue anatomique ! Vous faites bien ! Il faudrait vendre vos sels conservateurs dans les pharmacies, sous forme de tisane de longévité, au lieu de les administrer aux morts. »

Cet esprit amène ne déplaît pas à Efisio : « Graziana Bidotti a connu une mort violente, et la vue de son corps embaumé doit être une mise en garde contre l'assassinat. J'en ai fait une statue que je vous demande d'héberger dans votre institut. Je ne sais pas si c'est pour toujours ou pour quelques mois, ou si, à ma mort...

– Votre mort ? Mais vous n'avez aucune raison de craindre la mort ; vous l'avez terrassée... un peu...

– Moi ? Non, je ne conserve que des simulacres. Il ne leur manque que la parole, c'est vrai. Ils parlent, même, et certains, comme Graziana, déclament. En la voyant immobilisée dans le temps, chacun pourra réfléchir, aura peur, plongera dans sa rêverie ou appréciera d'autant mieux la vie et la chaleur. *Pallida mors æquo pulsat pede pauperum tabernas regumque turris...*

– Marini, vous êtes inquiétant ! » Puis, pensif, il ajoute : « Et vos œuvres aussi sont inquiétantes. Je sais bien que vous avez montré en public le processus inverse de la pétrification et je suis fasciné, croyez-moi, fasciné... vous passez de la chair au cristal, puis vous rendez à la pierre la souplesse de la chair et des articulations ! Si je n'étais pas un homme de science, je parlerais de miracle ! »

Efisio secoue la tête : « Mais vous me regardez en ce moment comme on me regarde dans mon quartier, avec les mêmes yeux, comme on regarde un nécromancien ! J'ai dû fuir le bourg sauvage où je suis né mais où j'étais condamné à être la risée publique... Je suis un homme de science, comme vous, et je poursuis une idée, une simple idée ! Je n'exorcise pas la mort... j'étudie les états d'agrégation de la matière... je ne fabrique pas l'*homunculus*...

– Marini, ne vous y trompez pas, c'est l'estime que j'ai pour vous qui me fait parler ainsi, ne le prenez pas mal. La science doit être divulguée, diffusée, la science n'a pas de secrets. Paracelse lui-même a écrit sur ses recherches...

– Si je conserve le secret sur mes formules, c'est parce que... »

L'autre l'interrompt : « Parce que vous utilisez le secret comme une hache à double tranchant... vous dites – pardonnez ma franchise – ou bien la reconnaissance, ou bien le silence. Ainsi, acceptez cette vérité, cette victoire sur la putréfaction ne sera pas une victoire pour tous... »

– Votre prédécesseur, Falconi, m'a contrecarré de toutes les façons possibles, les lettres anonymes, la calomnie, le mensonge... et il passait son temps à se régaler de grives aux myrtes, mais peut-être est-ce lui qui avait raison... »

Le visage de Legge a été façonné sans économie, ouvert comme la plaine où il est né : « Je ne suis pas le professeur Falconi...

– Ainsi, vous garderez Graziana ?

– Comme vous le voyez, l'institut s'agrandit enfin : il y a de la place pour votre œuvre d'art qui sera illuminée par ce beau soleil. »

De retour chez lui, il réfléchit aux événements d'Abinei et s'efforce d'éliminer de ses pensées toute inspiration, sachant bien que cette tendance naturelle peut rendre vaine la recherche de l'objectivité : les saints sont inspirés, lui, il doit penser, penser. Les blanches collines de la ville libèrent maintenant la chaleur qu'elles ont accumulée durant le jour, et la soirée est oppressante ; Efisio est en sueur et, au café, aucun granité, aucune glace ne parvient à le rafraîchir.

Le lendemain matin, à onze heures, il doit recevoir le prix que la Société des ouvriers lui a décerné et il relit le discours qu'il a préparé depuis longtemps.

Il dort mal, ne cesse de se retourner toute la nuit.

Il se lève avec les lugubres tourterelles et, cheminant dans les rues de son quartier, en prenant soin de rester à l'ombre, il arrive chez la laitière où il boit son verre de lait du matin. Il est nerveux.

« Et Naples, Efisio Marini, Naples, c'est vraiment aussi grand qu'on le dit ?

– Bien plus grand, Restituta.

– Et là-bas, ils sont aussi bons que nous ?

– Parce que nous sommes bons, nous ? Mais, ma chère, nous sommes au contraire presque tous méchants, ignorants et fous. Où vois-tu de la bonté ? Nous vivons sur une terre où le regard de Dieu ne se pose jamais ! Regarde autour de toi, Restituta : la poussière, la chaleur, les moustiques, la malaria, une foule de miséreux sans avenir. De quoi hérite le fils d'un pauvre ignorant ? Hein, de quoi hérite-t-il ?

– Je ne sais pas.

– Je vais te le dire, moi : il hérite de la pauvreté et de l'ignorance, et de la méchanceté, pendant des générations et des générations ! Et chaque jour l'horizon du golfe lui répète : Va-t'en, sauve-toi... »

Restituta reste songeuse, pensant que cet homme s'est monté la tête, qu'il n'est pas possible qu'il y ait une ville, des gens et un ciel plus beaux que ceux-là. La malaria ? On s'y fait. Est-ce qu'il n'y avait pas, autrefois, les Sarrasins, les Espagnols, la peste et d'autres maux bien pis ?

En se dirigeant vers la Société des ouvriers, sur le port, il continue de ressasser, mais il éprouve aussi la sensation familière d'être sur le point de mettre de l'ordre dans ses idées : alors, il sera soulagé, cette douleur dans la boîte de sa tête s'en ira. Cela s'est passé ainsi pour les sels qui transforment les corps en marbre. Des années d'erreurs, de déceptions, de confusion, de souffrance aussi, puis, brusquement, la vérité.

À la Société, on l'accueille avec un mélange de chaleur, de tristesse et de crainte, quand bien même il arbore son meilleur sourire, qui, pourtant, ne convainc pas tout le monde. Nombreux – et même toute une famille aux yeux rouges, pâles et graves – sont ceux qui lui demandent d'être momifiés le moment venu, parce que la Société a acheté, au cimetière, un beau bout de terrain bien exposé et ils désirent, comme ultime, mais vraiment ultime, signe de distinction, gésir là pétrifiés, sans statues, colonnettes ni ornements, mais plus durs que le bois, au moins aussi résistants que la pierre. Quelqu'un lui avoue qu'il espère qu'on le retrouvera plus tard et qu'on le considérera comme un être humain, non un vivant, certes, mais un être humain.

Efisio est aimable et promet, en s'inclinant, une momification dans les règles de l'art à ceux qui la demandent, à condition qu'il se trouve en ville au moment de leur décès. Personne ne réclame d'informations plus approfondies, et quelques-uns, seulement, à voix basse, s'inquiètent de savoir combien ça coûte.

Durant son discours sur le dernier souffle, les gens cherchent la lumière qui entre par les grandes fenêtres de la salle, regardent le port qui n'évoque guère l'éternité, prennent de grandes inspirations et ferment les yeux, certains baissent la tête, d'autres sortent parce qu'ils étouffent, il en est même un qui ouvre les fenêtres. À la fin, les applaudissements sont forts mais pleins d'arrière-pensées et ralentis.

Plus tard, en écoutant le président, l'avocat Secci, un homme vif, qui ne pense pas à se faire embaumer, Efisio est frappé par une phrase : « ... sans préjugés, il a exploré le monde des morts... »

Le mot « préjugés » vient heurter son cerveau comme une flèche, comme un rayon, il sent, dans sa tête, un brusque et bruyant remue-ménage, il se retourne même pour vérifier si les autres aussi ont entendu. Il n'écoute plus. Il... il a analysé les événements d'Abinei en se fondant sur des préjugés ! Ce qu'il n'a jamais fait en tant que médecin, il l'a fait en réfléchissant à ces crimes... Aveugle, il a été aveugle et a considéré toute l'affaire d'un seul point de vue. Ses préjugés – lui qui croyait en être exempt – lui ont masqué la voie de la vérité. Mais à présent, la route de la vérité est dégagée, ouverte et aplanie. Il a compris, il a compris !

Il court voir Graziana après la cérémonie, et sa fragilité le trouble davantage : Pauvre, pauvre jeune fille ! Peut-être le vent qui souffle en ville fait-il tourner les têtes, même la mienne, mais je te rendrai justice ! Ton assassin a trouvé Efisio Marini sur son chemin, et il a eu bien tort de ne pas le tuer ! Il a pris ta vie, mais je suis vivant, le sang coule dans tout mon corps, et plus vigoureusement encore, apportant plus d'idées dans mon cerveau réchauffé par le soleil. Graziana, tu obtiendras justice, et même vengeance, ce plaisir réservé aux sages !

Du bureau de poste, il envoie un bref télégramme à son ami Dehonis :

> J'arrive à Abinei le 26 juillet au matin. N'en parle à personne en dehors de Pescetto. Je ne veux pas d'escorte.

Le soir, un vent frais, musclé, ressuscite la ville, les hommes ne transpirent plus, les moustiques se dispersent dans le ciel, mais quelques-uns, repus, ivres de sang, tombent à terre. Après avoir préparé son voyage en cabriolet, Efisio va se coucher, réjoui comme il ne l'a pas été depuis des mois, doté d'une énergie telle que son sommeil s'écoule heureux, étincelant et sans rêves.

15

L'ancien tracé de la route de l'ouest, cuisante et poussiéreuse, lui paraît interminable ; il songe à un bon bain frais dans la baignoire sabot de Pierluigi et il rêve, rêve à Graziana. Durant tout le voyage, il parle avec elle, il se confie à elle.

Encore quatre ou cinq heures avant d'atteindre le village : le cabriolet, le cheval et Efisio sont blancs, recouverts de cette terre fine qui s'infiltre partout. À mesure qu'il approche d'Abinei, le ciel rapetisse, mais Efisio s'en moque, car il n'est préoccupé que par une seule idée.

J'ai bien fait de ne pas prendre d'arme, enfin j'espère. Je me vois mal échangeant des coups de feu avec des bandits... mais peut-être » – et cette hypothèse lui donne des sueurs froides – « ai-je trop confiance en l'homme.

Il aborde un virage en épingle et, qui plus est, en montée. Il ralentit. Les chênes qui se dressent des deux côtés de la route de terre se réunissent pour dispenser leur ombre fraîche : la pénombre est telle que, lorsqu'on vient du soleil, on ne voit presque rien sous les arbres.

Il entend un *ouuuuh* de l'autre côté du virage, et son cheval, qui, depuis quelques minutes déjà, paraissait nerveux, s'immobilise brusquement, hennit et refuse d'aller plus loin. Un piétinement de sabots lui parvient, droit devant. Le cœur d'Efisio semble remonter dans sa gorge, sa respiration se bloque et ses pupilles se dilatent.

« Ne bougez pas, c'est moi qui avance ! » crie une voix à l'autre bout.

Dans l'ombre d'un chêne apparaît un homme d'une quarantaine d'années, droit sur sa selle, en pantalon et chemise de campagnard, avec une barbe très noire et des yeux plus noirs encore.

« Qui êtes-vous ?

– Je m'appelle Efisio Marini. Je viens de Cagliari et je vais chez mes amis, le docteur Dehonis et don Càvili, à Abinei. Je n'ai pas beaucoup d'argent sur moi et ne suis pas armé.

– Je ne veux pas d'argent, je veux seulement savoir qui passe sur mon territoire. Je suis Serafino Lovicu. »

Et il guette l'expression de peur et de stupeur que son nom ne manque jamais de peindre sur le visage de son interlocuteur. Marini ne fait pas exception à la règle.

« Vous êtes le maître de ces terres ? J'ai entendu parler de vous.

– Je suis le maître de la route et de la forêt. Je connais Dehonis et don Càvili. Je les protège tous deux. Ici, ils peuvent aller librement. Voulez-vous boire ?

– Volontiers, merci, avec cette poussière, un peu d'eau...

– De l'eau ? Ça, c'est ce que boivent les gens de la ville. Moi, je n'ai que du vin dans ma gourde ! » Et il rit.

« Non, merci, jamais d'alcool à cette heure de la journée. C'est néfaste, qu'on soit en ville ou à la campagne, c'est néfaste sous toutes les latitudes, et je ne saurais trop vous conseiller de...

– Buvez ! » lui ordonne Lovicu.

Marini avale une rasade qui, au bout de quelques minutes et avec la chaleur qu'il fait, a l'effet d'une bouffée d'éther. Et, pendant que le bandit s'esclaffe, il s'allonge à l'ombre d'un arbre. Plus tard, ranimé par une tranche de pain, il demande : « Vous connaissez donc don Càvili et Dehonis ?

– Oui, je leur ai fait des faveurs, à tous les deux.

– Des faveurs ?

– Oui, mais ça ne vous regarde pas. Mais vous, vous ne seriez pas celui qui a emmené Graziana loin du pays ?

– Oui, mais c'était pour la science... Puis-je vous offrir une cigarette ? Je les roule moi-même, mais c'est du tabac turc...

– Je ne fume jamais avec les inconnus.

– Vous êtes bien suspicieux. Et puis, sauf votre respect, je vous ferai remarquer que, si vous ne fumez pas avec les inconnus, vous ne vous interdisez pas de boire avec eux.

– C'est mon problème. Comment est morte Graziana ? »

Avec sa rapidité d'esprit coutumière, voire plus vite encore que d'habitude, Efisio songe qu'il n'est nullement tenu au secret.

« Quelqu'un lui a tordu le cou puis lui a rempli les poumons d'eau. »

Lovicu devient silencieux.

« J'accepte votre cigarette. »

Un long silence, pendant lequel Marini étudie Lovicu et Lovicu suit ses pensées en regardant les volutes de fumée.

« Vous vivez seul dans ces montagnes ?

– Oui et non. Quand l'envie m'en prend, je vais chercher de la compagnie. Des femmes, et plus d'une. Ce sont toujours les femmes des autres : elles me prennent moins de temps et ne rêvent pas comme les filles.

– Graziana, aussi ?

– Non, trop belle ! Dangereuse, pour un bandit ! La beauté peut devenir un piège mortel. Pour sûr, il est dur de résister à une fille comme ça... mais, si les carabiniers l'apprennent, ils ne tardent pas à te saisir au collet.

– Alors, rien que des femmes laides ?

– Ni laides ni belles. C'est comme ça que doivent être les femmes des bandits, sans trop d'appas. Une de mes femmes a fait un enfant mort au village. Un enfant tout formé, mais il était déjà dans le monde des morts... peut-être ne voulait-il pas entendre parler de son père, et il est mort avant de naître. »

Pendant un bref instant, Marini pense à Antonia

Ozana, qui compte les naissances, et il se hasarde :
« Et don Càvili, comment le connaissez-vous ?
– Ah, c'est mon confesseur. Un homme étrange. Il a des yeux qui n'ont peur de rien... et cette bouche, qui n'est pas la bouche d'un prêtre. Mais c'est un homme de cœur.
– Cette bouche ?
– C'est Serafino Lovicu qui vous le dit, et il connaît les hommes. Il possède toutes les prérogatives ! »
Drôle de mot dans la bouche d'un bandit : « Les prérogatives ?
– Mais c'est mon confesseur et je le respecte. C'est un bon prêtre. »
Puis il indique la calèche : « Maintenant, vous pouvez partir, je ne vous retiens pas. »

Quelques heures plus tard, immergé dans la baignoire sabot, il discute avec son ami : « Comme on respire, ici, à Abinei ! Ouf, enfin ! L'eau de la montagne, une pure merveille !
– Oh, ce n'est pas le climat de Cagliari.
– La géométrie de mon cerveau se recompose grâce à l'eau du mont Idòlo, quelle merveille...
– Écoute, étant donné que tu as échappé à Serafino Lovicu et que la géométrie de ta tête est en ordre, au moins autant que la mathématique de don Càvili, veux-tu me dire la raison de ta visite secrète, qui n'est plus aussi secrète que ça ? Penses-tu que la haine que Sisinnio Bidotti a couvée puis qu'il a lais-

sée exploser soit la clef de tout ? Même de l'assassinat de Rais Manca ?

– Ce sont mes méninges qui ont tout fait : je soignais mon corps sur la plage, bains de sable et bains de mer, pendant qu'elles travaillaient. Pierluigi, nous avons été des sots de croire que tout était évident ! Je te demande simplement de m'accueillir quelques jours pour que tout, vraiment tout, achève de se mettre en place dans ma tête. Pour cela, j'ai besoin de la compagnie de mes amis, toi et le prêtre mathématicien. »

Dehonis aimerait presser son ami de questions, mais Efisio doit parachever le dessin esquissé dans son esprit, et il ne parle pas. De toute façon, depuis des années, depuis qu'il vit au village, Pierluigi a appris à garder ses questions pour lui.

Quelques heures plus tard, en compagnie de Pescetto, il fouille la masure de Sisinnio et Graziana.

Dans la chambre de Graziana, il ne trouve aucun parfum : il aurait pourtant bien aimé. Efisio a beau renifler, il ne sent que l'odeur des roseaux humides du plafond bas. Le lit est petit et en ordre : il s'y allonge et regarde fixement une poutre.

« Sommes-nous à la recherche de l'acide psammique ?

– Non, capitaine, je cherche des idées qui seront peut-être restées là, en suspens dans cette pièce, et je cherche confirmation d'une intuition que j'ai eue. Vous voyez, je crois que l'amour laisse toujours des traces, même entre deux clandestins avertis comme l'étaient Graziana et...

– Graziana et... ?

– Graziana et son amant.
– Rais Manca ?
– Oui, il avait une relation... et elle ? Sans doute, ce n'était pas de l'amour... ou bien faut-il croire que "l'amant aime l'aimée comme le loup aime l'agneau" ?
– Que voulez-vous dire ? »

Marini ne répond pas et s'arrête devant un égouttoir fixé au mur et utilisé comme bibliothèque. Il s'émeut à la pensée que Graziana a tenu ces petits volumes dans ses mains. Il trouve un cahier avec des vers écrits par la jeune fille, s'échelonnant à diverses dates à partir de 1887, il le feuillette, tellement émerveillé qu'il se sent défaillir et que l'écriture de Graziana lui parvient avec la voix de la jeune fille. Entre les feuilles, il trouve un buvard couvert de mots entrelacés mais qu'il voudrait aussi comprendre. Il garde le carnet et conclut ce que l'officier a appelé une inspection, mais qui, à ses yeux, a été un bref voyage sentimental.

« Capitaine, je voudrais vous parler franchement. Bien que je pense avoir compris ce qui s'est passé, je crois ne pas disposer de preuves décisives, comme on dit dans les procès, mais seulement d'un beau faisceau d'indices. Seulement, je ne suis pas juge et je tiens à suivre d'autres chemins, c'est un autre jugement que je veux rendre... J'ai besoin de discrétion de votre part et de quelques jours de silence sur les événements du village et sur les raisons de mon nouveau voyage à Abinei. »

Il s'enferme dans la chambrette où il loge chez Dehonis et étale sur la table le carnet contenant les vers, quelques livres de la petite collection, une feuille de papier blanc et son porte-plume au manche d'os. Pierluigi le laisse seul, prend son fusil et ses cartouches, enfourche son cheval et s'éloigne en lançant : « Un lièvre, rien qu'un, maigre, abruti par la chaleur, mais un lièvre au moins. »

Efisio passe l'après-midi et la soirée à mettre de l'ordre dans ses idées : au début, elles s'entassent en vrac mais, à la fin, deviennent brusquement concrètes lorsque, en se redressant, il parcourt d'un regard la feuille qu'il a couverte de mots, de signes et de chiffres. Ses yeux brillent de satisfaction, il murmure le nom de Graziana en se tenant la tête entre les mains et en relisant, en bas à droite de la feuille, le nom qu'il a écrit d'une encre noire et épaisse.

Une grosse mouche entre dans la chambre et se pose sur le nom au bas du papier. Efisio met ses lunettes, l'observe et, d'un geste, la chasse. Cette mouche robuste était un messager et faisait peut-être partie de l'arithmétique des êtres vivants d'Abinei.

16

« Je suis fatiguée de ces femmes. »
Giuliano coupe le melon rose et lui présente une tranche qu'elle mange en un clin d'œil, si bien qu'il lui en coupe aussitôt une autre. Dans ce village du bord de mer, les gens sont tellement habitués à la visite hebdomadaire d'Antonia Ozana que leur histoire a pris, au fil des années, la valeur d'un rapport conjugal régularisé par le temps et entériné par les hommes.

Là, Antonia ne fronce pas le nez, ne frappe pas le sol du talon avec nervosité, n'a pas besoin de lutter contre des usages et des têtes qu'elle ne comprend pas ; au contraire, elle est assise devant une fenêtre à travers laquelle lui parvient le bruit des vagues, et qui est protégée par une moustiquaire tamisant la lumière crue de l'après-midi, et elle aime à regarder Giuliano s'occuper d'elle.

Elle lui demande une cigarette, l'allume et ferme les yeux : « Ces femmes sont d'une espèce différente... elles sont faites comme toutes les autres, ont les mêmes organes, mais elles sont différentes... elles saignent, elles allaitent, elles ressentent la douleur, mais peut-être rien que la douleur, tu comprends ? Quand je viens ici, au bord de la mer, j'ai l'impression de recouvrer mes cinq sens, car avec elles j'oublie que j'en dispose aussi. Si tu leur demandes quels sens leur a donnés le ciel ou la nature, quel que soit le nom de ce en quoi elles croient, elles te regardent comme si jouir de l'odorat, de la vue et de tout le reste, c'était pécher. Je veux partir... »

Giuliano est aussi jeune qu'Antonia. Il cultive des jardins arabes autour de la lagune et sa maison se dresse au milieu des mandariniers.

Tonino, les os les plus courts du village et la plus grosse tête de tout le district, est son homme-chien. Il le traite comme un petit animal, mais Tonino est content, parce que Giuliano est riche, qu'il possède des terres, et que lui, malgré ce corps qui ne peut même pas monter sur un cheval ou sur un âne car le poids de sa tête l'en ferait tomber, il peut se prévaloir du nom de son patron quand il exécute ses ordres. Il irait volontiers en laisse s'il le fallait, et il contemple son maître pendant des heures, comme un chien, décidément, avec une confiance émue.

« Tonino, dorénavant, tu vas suivre Antonia Ozana à Abinei. Tiens-toi à distance, surveille-la et mords tous ceux qui s'approchent de trop près. »

Tonino montre la seule chose qui soit développée chez lui : une solide dentition, sans commune mesure avec l'architecture anémiée de ses organes.

« Ce village est dangereux... Cette histoire de "porte des âmes", où l'on compte ceux qui entrent et ceux qui sortent... ils sont fous. »

Antonia se lève et caresse le cou de Giuliano : « Je fais partie de ceux qui comptent les entrées et les sorties... la mathématique est féroce... »

Giuliano est un homme patient, du sang de commerçant coule dans ses veines, et il insiste : « Tonino dormira devant ta maison et viendra chaque jour me faire son rapport. »

Elle claque des doigts, comme un homme : « Je suis une femme seule, je n'ai besoin de personne. »

Puis elle regarde Tonino : ce n'est pas une personne achevée, pour combien aurait-il compté, dans le livre des chiffres d'Abinei, comme un entier ou comme une fraction ?

« Giuliano, à présent, nous sommes à égalité, à Abinei. L'enfant mort-né n'est pas même entré dans l'État des âmes... la mère se porte bien... laissons les choses en l'état... Il faut que je réfléchisse... j'ai besoin de réfléchir. Peut-être devrais-je m'installer au bord de la mer, mais seule, ici aussi. Ils ont bien raison d'appeler ça la porte de la mer : je n'en peux plus de voir la terre, la terre et la terre, où que je me tourne. »

Ces considérations sur la terre occupent son esprit tandis qu'elle retourne au village, ballottée dans le chariot que conduit Tonino : à chaque cahot, on dirait qu'il va perdre sa tête et que, détachée, elle va rouler jusqu'aux récifs. À mesure qu'ils montent, elle sent la force de la montagne et des maisons enfoncées dans le sol, et elle revoit ces ventres, ces bassins étroits qui n'expulsent que la douleur, toujours la douleur. Elle est malade, ils l'ont rendue malade, et elle voudrait s'enfuir.

Elle s'enferme chez elle. Elle prend son registre, l'ouvre à la première page et le feuillette : « Il y a sept ans, voilà... le premier s'appelait Sebastiano. Et, pendant sept années, combien y a-t-il eu de Sebastiano ? Les compter ? Pour la satisfaction que cela procure... »

Puis – comme Efisio au même moment, dans une autre maison du village – elle se tient la tête entre les mains et contemple la dernière page : « Mais c'est vrai... je suis la maîtresse des chiffres... »

Dehors, l'obscurité gagne, elle regarde à travers la vitre et voit la tête monstrueuse de Tonino, appuyée à la roue du chariot, qui, canin, surveille sa maison.

17

Ce matin, du mont Idòlo, l'œil se laisse abuser par les perspectives et la mer paraît si proche qu'on pourrait s'y baigner. C'est le génie de la montagne qui produit ces illusions – un génie avec des sabots et des pattes velues – et, pour peu qu'on y croie, c'est partout qu'on le rencontre aujourd'hui.

Càvili et Marini sont partis à cheval avant l'aube. La veille, Efisio a eu bien du mal à convaincre le prêtre ennuagé.

Le médecin est d'une humeur fraîche comme l'air au début du jour, tandis que l'autre est aussi austère que le sommet de la montagne, et comme lui enveloppé dans son éternel nuage qui ne paraît pas moins dense que la veille.

« Regardez là-bas, docteur Marini ? Ici, le vert sombre de la forêt, là, l'émail de la mer ! Je me dis souvent que, si le village était en bas, au bord de la mer, les choses seraient différentes...

– La mer, la mer ! Vous vous souvenez de Xénophon. Vous avez cela parmi vos livres ! » dit Marini d'une voix forte, ce qui a le don d'exaspérer don

Càvili. « L'*Anabase* ! Quel bonimenteur, ce Xénophon, vous ne trouvez pas, don Càvili ? Allez savoir si les soldats grecs ont vraiment poussé ce cri en découvrant la mer du haut des montagnes ! De toute façon, cette histoire est si belle qu'on a envie d'y croire.

– Ce cri, docteur Marini, c'était la vie pour eux, le salut. Peut-être Xénophon a-t-il mélangé la réalité et l'imaginaire, les racontars, les faits et les inventions. Mais ce qui est certain, c'est qu'il brodait sur des faits réels, et c'est pourquoi il faut le prendre au sérieux. »

Marini arrête son cheval : « Don Càvili, vous me donnez une idée... Vous savez, j'ai réfléchi, je me suis creusé la cervelle, je me suis éreinté à considérer les événements d'Abinei. Eh bien je crois que, en appliquant la méthode de Xénophon, je suis arrivé à la vérité, comme je l'avais promis à la momie de Graziana. Je sais ce que vous allez me dire, ce n'est plus Graziana, ce n'est que son enveloppe corporelle, et, certes, toutes les enveloppes se valent. Mais cette enveloppe-là a joué un rôle de son vivant, et en a encore un à jouer après sa mort, elle n'est pas comme les autres enveloppes, elle ne l'a jamais été : si vous voyiez ses yeux... »

Le prêtre, quelques pas en avant, arrête son cheval et son nuage, et les fait tourner vers Marini, qui, voyant que Càvili a brusquement changé de physionomie, qu'il s'est redressé sur sa selle, poursuit : « Xénophon a mêlé la réalité et le rêve, et c'est sans doute ainsi que naissent les mythes. Mais, si l'on y regarde de plus près, tout mythe renferme une vérité criante. Et c'est ainsi que vous avez procédé, à votre tour, don Càvili, en mêlant la raison et l'instinct. Quand la raison ne suffit plus, alors c'est l'instinct qui prend le relais, n'est-ce pas ? Le pauvre Sisinnio a pris le large et le maquis parce que la réalité ne pouvait plus être dominée par le raisonnement, en tout cas pas par le sien ; et après avoir souffert si longtemps dans la solitude, il mourra peut-être dans la solitude ! Moi aussi, suivant l'instinct et le raisonnement, j'ai réussi à comprendre. »

Càvili a toujours son expression sévère, mais le nuage s'est soudain dissipé, chassé par ces épaules qui se redressaient, et maintenant le prêtre semble plein d'énergie, mais ce n'est pas l'énergie d'un prêtre : « Qu'avez-vous compris, Marini ? Qu'est-ce que votre esprit acéré a bien pu comprendre ?

– Vous ignorez sans doute que j'ai en ma possession certains objets personnels de Graziana. Trois fois rien, quelques livres et un carnet, mais qui me sont précieux.

– Pourquoi torturez-vous l'âme des morts ? Vous collectionnez les reliques ?

– Ce n'est pas moi qui torture les âmes des morts, ce n'est pas moi... et notez que, pour une fois, le cynique, c'est vous. Mais nous nous écartons du sujet. Je disais donc que j'ai lu le carnet. Graziana écrivait des vers, l'auriez-vous cru ? De beaux vers, bien vifs, un peu copiés ici et là, mais bien vifs ! C'était peut-être une façon de se racheter... écrire, comme une jeune bourgeoise, elle qui était née en dehors des règles, dans un village qui s'est arrêté à l'âge du bronze. Moi aussi, j'ai cette manie de l'écriture : c'est un baume pour l'âme, et moi aussi, que voulez-vous, on a ses faiblesses, je m'adonne au copiage. Écoutez, j'ai souligné quelques vers de Graziana », et il sort de sa veste le carnet de la jeune fille. « Ce poème date de 1887, elle avait vingt et un ans.

C'était la lune dans la cour.
Sur la grand-route la prière
du pèlerin gardien de mon âme
parvenait à mon cœur plein d'espoir
et la douleur l'opprimait
car un amour impossible et contre le monde
entier moi et le noir pèlerin...

» ...que peut bien être cet amour impossible contre le monde des conventions ? Et le gardien de l'âme ? Et le noir pèlerin ? Ah, çà ! Celui-ci a été écrit trois ans après, en 90. Écoutez.

Bienheureux ceux qui ignorent leurs misères !
Pour moi, je sais, et tout espoir se meurt
puisque ne puis aux doux jeux apaiser mon cœur.
Oh, hommes inhumains ! Oh, Dieu, pourquoi
*   interdis-tu*
pourquoi empêches-tu et pourquoi chasses-tu
de l'Éden l'homme dont la voix
haute résonne pour ta splendeur
et le veux tout à toi...

» Qui peut bien être cet homme dont la voix haute résonne, que Dieu veut tout à lui et que Graziana demandait un peu pour elle aussi ? Et ce poème, d'avril 93, un mois avant sa mort, n'est-il pas touchant ?

Hommes, hommes vains,
Errer loin, sans chagrin, sous le disque pâle
et les étoiles ! Espoir qui nais et meurs avec le soleil
pourquoi ai-je douleur de mon passé, ennui
d'aujourd'hui, peur de l'avenir ?

» ... peur de l'avenir... un présage ? Je le crois, en effet, parce que Graziana s'était emmêlée dans un écheveau inextricable. Ces vers m'ont aidé à comprendre aussi, ou plutôt ils ont donné un squelette à mes spéculations qui manquaient d'ancrage dans la réalité et étaient un peu bancals. Mais ne parlons pas de squelettes. »

En entendant ces vers, le prêtre pâlit. Cet homme de la ville, plein de superbe, a un don pour regarder au fond des cœurs, il l'a remarqué dès le premier jour.

« Oui, mais qu'avez-vous compris, Marini ?
— Tout, je crois.
— Tout ?
— Oui, tout. Mais que voulez-vous, moi-même, oui, moi, je me suis laissé abuser. Je pensais naïvement : don Càvili est prêtre, dès leur plus jeune âge les prêtres sont entraînés à faire le bien, donc Càvili est bon. Piètre syllogisme de pucelle ou de novice qui ne connaît rien, qui ne sait rien et n'imagine rien... Mais à présent, ne m'en veuillez pas, il faut se débarrasser de ce syllogisme, parce qu'il est fondé sur un préjugé. Le bon raisonnement, c'est : Càvili est un

homme, donc Càvili peut être mauvais. Il s'ensuit, comme le jour suit la nuit, que nous devons également vous compter, monsieur le curé, au nombre de ceux qui peuvent avoir tué Milena et Graziana. Vous aussi, vous pouviez avoir mêlé la communion et l'extrême-onction pour Milena, et, moins original, l'amour et la mort pour Graziana. »

Le ministre de Dieu descend de cheval, s'assied entre les racines d'un chêne, arrache une poignée de brins d'herbe dont il respire l'odeur : « Poursuivez, Marini, je suis curieux de voir, abrité du soleil, jusqu'où peut aller votre imagination lorsqu'elle n'est plus bridée par le bon sens. Nous sommes passés de Xénophon à Càvili. »

Marini descend de cheval à son tour et s'assied sur une racine, devant le prêtre qui, maintenant, à l'improviste, sourit. Efisio poursuit : « Votre premier coup de maître, c'est d'avoir laissé cette hostie au fond du calice.

– Et en quoi aurait consisté une telle maestria ? » demande Càvili en souriant, mais sans montrer ses dents.

« C'est que vous avez prévu le raisonnement de celui qui découvrirait cette hostie, l'hostie surnuméraire, c'est que vous avez su que ce raisonnement détournerait les soupçons de votre personne. Parce que tout le monde, moi y compris, aurait pensé que cette hostie en trop signifiait qu'une main étrangère l'y avait placée sans avoir le temps d'en enlever une autre. Par conséquent, ce détail laissait supposer que ce n'était pas vous qui l'y aviez mise, étant donné que, vous, le temps d'ajouter une hostie empoisonnée et d'en enlever une bonne ne vous manquait pas. C'est la raison pour laquelle je n'avais pas pensé à vous. Un détail, une nuance m'a égaré... Bravo, don Càvili, de veiller aux petites choses ! Vous avez laissé l'hostie au fond de l'ostensoir pour me tromper.

– Vous tromper ? Pour une telle bagatelle... »

Le vent s'est renforcé et les cimes des chênes s'agitent bruyamment ; il faut hausser le ton : « Peut-être vous êtes-vous demandé la raison de ce prélèvement de sperme dans le vagin de Graziana.

– Je préfère ne pas m'en souvenir...

– On ne pratique pas cela pour toutes les jeunes filles mortes, seulement dans les cas de mort violente... »

Càvili serre les mâchoires et ferme les paupières. Efisio respire profondément : « En outre, certains signes sur Graziana m'ont suggéré cet examen qui vous a fait horreur. Des signes externes, qui ne trompent pas, d'un... comment dire... d'un... d'une étreinte récente et passionnée, sur le cou, sur les seins et sur les hanches... des marques presque roses... que la mort n'avait pas encore effacées, qu'elle n'avait pas eu le courage de bleuir...

– Ce n'est pas de l'horreur que vous avez suscitée en moi, Marini, mais de la douleur... »

Il poursuit : « Graziana avait fait l'amour quelques heures avant de mourir. Et je l'ai vue – vous nous l'avez d'ailleurs dit vous-même, avec un certain toupet –, je l'ai vue sortir de chez vous quelques heures avant sa mort. Ainsi donc, en renonçant au premier faux syllogisme, je crois que l'on peut dire que ce sperme, Càvili, était le vôtre, et que c'est à vous qu'elle devait ces marques sur son corps. *Credo quia absurdum.* »

Le prêtre baisse la tête, mais pas comme le ferait un pénitent.

Efisio a l'impression d'entendre un roulement de cymbales dans son crâne, tant les choses se pressent pour en sortir : « C'est votre imagination qui, pour tuer Milena Arras, vous a suggéré d'employer l'acide psammique que Graziana vous avait acheté à Cagliari, en croyant que vous en aviez besoin pour tanner des peaux. C'est votre rêve d'amour, brisé par le bestial député Rais Manca, qui vous a poussé à faire tuer par un sicaire, un de ces hommes qui font la loi dans la montagne, votre maîtresse qui venait de faire l'amour avec vous pour la dernière fois. Et vous avez été assez lucide – vous êtes mathématicien – pour la faire tuer en simulant une noyade, ce qui, comme par hasard, avait l'avantage de vous disculper, vous, et de lui faire endosser le premier meurtre. Mais faire l'amour sans laisser de traces, votre esprit meurtrier ne vous l'avait pas suggéré ? L'amour sans la chair, vous aviez prononcé ce vœu, mais en réalité... Mais soyez encore un peu patient, il y a la touche finale de votre folie, cher curé... et de votre amour des symboles... Rais Manca, si attaché à la matière, cloué à la terre et privé de la main gauche avec laquelle il avait profané la nymphe Graziana, la main du cœur... vous êtes fou... vous êtes fou. »

Càvili devient blême de colère : « Modérez vos paroles ! Vous n'avez donc pas peur ? Nous sommes seuls, et je pourrais, si votre raisonnement était juste, je pourrais encore vous tuer !

– J'en doute, j'en doute fort. Ne serait-ce que parce que les chiffres s'équilibrent aujourd'hui à Abinei...

– Vous ne faites pas partie de l'État des âmes du village, et vous n'avez rien à voir avec ces chiffres...

– C'est vrai, mais si vous soulevez ma veste, vous verrez le pistolet de mon ami Dehonis avec une balle engagée dans le canon, le chien levé et la sécurité ôtée. Regardez bien. Pierluigi le nettoie tous les jours. »

Le curé éprouve une colère douloureuse, et Marini continue en tourmentant la détente du pistolet : « Laissez-moi terminer ma reconstruction. Après quoi, je vous écouterai en silence, je suis très curieux d'entendre ce qu'a à dire un damné. Par sa mort, Milena devait, à son corps défendant, laisser tout ce qu'elle possédait à Graziana. Vous aimiez Graziana et vous avez tué Milena. Mais pourquoi ce dimanche-là ? me suis-je demandé. Très simple : parce que l'État des âmes était en déséquilibre : une femme d'Abinei venait de mettre au monde un enfant. Mais le diable, qui vous tient à l'œil, vous a joué un tour : un autre enfant et une âme de plus ! Que faire ? »

Le prêtre sourit de nouveau : « Et vous croyez que Graziana aurait servi à rétablir l'équilibre ? C'est vous qui êtes fou, et votre imagination est tellement débridée qu'elle en devient dangereuse ! »

Efisio se concentre et se masse les tempes : « Non, ce n'est pas si simple, tout n'est pas là. Vous n'êtes pas un homme linéaire, Càvili. Je crois que Graziana voulait vous quitter, je crois qu'elle faisait l'amour avec vous pour la dernière fois, qu'elle vous disait adieu parce qu'elle était consciente du nouveau rang social auquel elle accédait entre les bras replets de Rais Manca, je crois que vous lui avez jeté à la tête le meurtre de Milena que vous aviez perpétré par amour d'elle, je crois que l'ingrate est partie, je crois que, au lieu de lui pardonner, vous avez engagé un coupe-jarret pour la tuer. Je crois que votre billet en forme de devinette était un défi que vous lanciez à mon intelligence, qui vous irrite tant, et à mon entêtement ; et je crois que votre folie meurtrière s'est assoupie pour quelque temps lorsque vous avez vu que deux petites âmes venaient remplacer celles que vous, seigneur des feux, vous aviez chassées d'Abinei. »

Il a parlé d'un seul souffle, sans reprendre sa respiration et en fixant son accusé dans les yeux : « Voilà comment cela s'est passé. »

Càvili s'est voûté, de nouveau : « Il y a toujours autant d'âmes dans la paroisse, mais ce ne sont pas les mêmes : Graziana n'est plus là !

– Milena avait autant le droit de vivre qu'elle, et vous ne connaissez pas le nombre d'années que lui avait assignées votre Dieu. La réincarnation des corps... Vous vous êtes acharné sur la chair de Milena... et qu'avez-vous fait de celle de Graziana... Je vous le demande : depuis combien de temps l'aimiez-vous de cet amour-là ? »

Dans la forêt agitée, on entend soudain un murmure : Càvili tend l'oreille et respire, les narines dilatées. Efisio le regarde et pense que Lovicu a raison, que le curé n'a pas le visage d'un mystique, que cette sensualité de l'homme qui jouit des choses de la nature, de la couleur du ciel et de la mer, n'est pas la marque d'un transport sacré à l'égard de la Création : le prêtre hume l'air qui l'enveloppe, comme un animal, et il regarde le ciel pour s'en emparer.

Càvili répond, d'une voix claire : « Depuis sept ans. Elle n'en avait pas vingt... pouvez-vous l'imaginer ? En êtes-vous capable ? Sept années de plaisir et de peur. Non pas la peur de pécher, mais la peur de la perdre et que ce corps vivant cesse de m'insuffler sa force. Elle m'animait... C'est cette peur qui m'a fait lui ôter la vie. Le bruit de ses pieds nus sur le plancher... Je la regardais pendant des heures dans la lumière de la lampe. Je connaissais l'étendue du privilège qui m'était accordé. Elle venait quand elle le voulait, mais elle repartait de même. Après quoi, elle voulait que je la regarde pendant des heures, parce qu'elle savait quelle était sa place absolue dans ce village parfait : parfois, elle finissait par s'endormir et je la regardais encore... Quand elle se coiffait, elle effaçait tout et s'oubliait... Elle était la roue zodiacale... elle était la ligne dorée sur laquelle s'alignaient les mystères... Elle était dans les choses et elle était dans les chiffres. En la perdant, je perdais la chaleur et le parfum de cette construction, mais je ne perdais pas l'harmonie plus parfaite des chiffres. Les chiffres ! Vous avez tout deviné, tout. Mais, je vous l'ai dit, vous n'êtes pas d'Abinei, pas plus que Rais Manca... »

Efisio esquisse un demi-sourire : « Je sais, je sais, et je pourrais être éliminé sans troubler aucune harmonie mathématique. Mais pas maintenant ! Je suis un élément d'une mathématique plus grande que ce que vous êtes capable de calculer ! *Imperiosa trahit Proserpina...* Mais, avec moi, il vous faudra attendre, curé. »

Càvili a un regard égaré, il respire bruyamment.

« Hélas, poursuit Marini, ma reconstruction parfaite présente une faille ! C'est vous qui avez gagné ! Gagné ! Je ne peux rien prouver à personne. Je peux frapper les esprits avec la beauté terrible de toute l'affaire, je peux écrire un roman, je peux intéresser, captiver un auditoire le temps d'un dîner, mais – et c'est ce qui me chagrine – je ne peux pas vous faire jeter en prison. Pourtant, si j'en avais les moyens, je n'hésiterais pas une seconde. »

Le prêtre est aussi incisif qu'une lame affilée, et, cette fois, il éclate de rire en montrant les dents : « Ce doit être la plaie de votre vie : vous construisez des formes admirables, mais dépourvues de substance. Vous dressez des monuments à la mort, mais ne pouvez l'éviter, et je crois que, si l'on vous connaissait mieux, on serait en mesure de dresser une liste longue et douloureuse pour vous. Votre nouvelle science, la psychologie, n'est pas seulement votre apanage... Et puis, êtes-vous aussi sûr que Graziana ait acheté le poison sans savoir à quoi il devait servir, en êtes-vous sûr ? »

Efisio ne répond pas. Son ennemi est en face de lui : « Souvenez-vous, Càvili, que je vous ai compris et que ce n'est pas un prêtre qui me trompera. C'est vrai, si j'étais, comme on dit, un homme pratique, je déchargerais mon pistolet au centre de votre front pensif, mais ce n'est pas mon genre. Sachez toutefois que j'ai déjà embaumé des prêtres, et même un évêque, que vous, *canis ignavus adversus lupos*, vous avez assassiné deux femmes et, dans un cas, celle que vous aimiez. Peut-on concevoir plus grande et plus folle sauvagerie ? Càvili, vous êtes une bête sauvage. »

Le prêtre gronde, fait mine de se lever pour se jeter à la gorge de Marini. « Ne bouge pas, curé, ou je te tire dessus et je te momifie. »

Càvili se rassied et continue à gronder.

« Et sachez que j'aurais plaisir à faire l'un et l'autre. En vous embaumant, je pourrais même vous jouer quelques tours qui feraient s'esclaffer la postérité, quelques retouches... »

Marini se croit dans un prétoire d'herbes et d'arbres, et il continue : « Assassin de femmes ! Calcul et symétrie divine ! La folie furieuse dissimulée sous une soutane.

– Tirez, je n'ai pas peur !

– Mais si, vous avez peur, peur de l'enfer où vous endurerez des châtiments atroces, et vous avez peur, vous avez grand peur, de ne plus jouir d'un corps que vous utilisez sans modération. Vous demanderiez au bourreau de vous accorder une minute de plus pour pouvoir respirer et regarder encore un peu le ciel, vous le supplieriez à genoux. Si je n'étais pas armé, j'aurais peur de vous. Dieu sait comment vous me tueriez, vous y avez sûrement déjà pensé... »

Càvili a de nouveau son sourire sans dents et sans satisfaction : « Vous apprenez à me connaître ! Vous êtes le seul. Je vous aurais tué – et si vous tenez à le savoir, c'était, pour moi, une affaire entendue – en vous faisant tomber, vous et votre cheval, du haut du précipice de Carcusi... vous ne vous en seriez pas tiré. Vous seriez mort et on ne vous aurait peut-être même jamais retrouvé. »

Leur discussion se poursuit, longuement, prenant un tour presque enfantin, à coups d'agaceries réciproques, jusqu'au moment où le prêtre, suant, décoiffé, debout et les bras en croix, commence à prêcher, tel un Jean-Baptiste tenaillé par une foi féroce : « C'est moi qui suis garant de l'ordre à Abinei : là, je suis l'alpha et l'oméga, personne ne peut ouvrir une porte que j'ai fermée, personne ne peut fermer une porte que j'ai ouverte. Voilà qui compte plus que n'importe quelle vie. À la fin, Graziana n'était plus qu'un corps, certes miraculeux, mais un corps, avec ses misérables nécessités. Moi aussi, je mourrai un jour, et une nouvelle âme me remplacera au village... le rapport sera toujours parfait. Votre ville putride et votre Naples, avec cette pourriture qui croît, qui enfle, font un brouet diabolique. Mais là-bas, aussi, l'ordre sortira du chaos, l'ordre des chiffres. Dieu choisit des endroits misérables, éloignés des routes des hommes, pour manifester ses miracles parfaits, la grotte de Bethléem loin de Rome, la grotte de Bernadette loin de la corruption de Paris : c'est parmi la misère que Dieu s'exprime... et Graziana n'est qu'un corps... rien qu'un corps... Il surviendra, chevauchant les nuées... »

Efisio Marini éprouve un sentiment d'apaisement soudain, car, enfin, il distingue avec clarté les traits d'un aliéné qui, jusqu'alors, a caché sa folie sous le noir de la soutane, dans la fumée d'encens et sous l'ordre fragile des chiffres.

« Venez, Càvili, rentrons au village. »

Ils remontent à cheval et le prêtre passe devant, sous la surveillance de Marini : « Il n'est rien que j'aie troublé dans l'équilibre général, et la nature n'est pas offensée de ce que j'ai fait.

– Mais ce n'est pas à la nature que vous devrez rendre des comptes.

– La nature, c'est Dieu, et ce qui l'offense, ce sont vos sorcelleries, ce n'est pas mon ordre.

– Vous devrez donc en répondre directement devant Dieu, puisque la justice a des bras trop courts pour vous. Je voudrais voir, alors, ce que vous lui direz...

– Tous les hommes sont au-dessous de moi, et aucun ne m'aura...

– Vous délirez, curé. À Abinei, les âmes simples sont au-dessous de vous, mais, dans un endroit civilisé, c'est vous qui serez en bas. Votre âme paiera plus cher que votre corps, hélas. Ou plutôt, elle a déjà commencé à s'acquitter, ne voyez-vous pas ? On dit que l'homme est faible ! Vous avez été assez fort pour entreprendre ce que seul le Tout-Puissant décide. Mais, lorsqu'on vous voit de près, comme en ce moment, vous n'avez rien d'extraordinaire, rien du tout. Vous n'êtes qu'un idiot qui se repaît de pacotille, mais avec l'instinct d'un tueur. Moi, j'ai fait sortir Graziana du cycle de la matière... Vous, au contraire, vous produisez des charognes. »

Càvili n'entend plus, mais Efisio poursuit :

« Concevoir un assassinat, cela n'a rien d'extraordinaire. J'aurais su faire bien mieux que vous, et jamais personne ne m'aurait soupçonné. La réalité, c'est que tous les baumes qu'on tire de ces arbres ne pourront pas effacer les meurtres que vous avez commis et qu'il n'y a pas de chêne plus tordu que votre âme dans toutes les forêts de l'île. »

Lorsqu'ils arrivent à Abinei, le prêtre reprend contenance, recouvre son air mélancolique et, soudain, le nuage se reforme autour de lui. Cette froideur, cette maîtrise de soi épouvantent Marini et lui font renoncer à l'espoir d'un aveu ou, au moins, d'un repentir. Càvili avait élaboré un plan d'extermination en s'appuyant sur une vraie théorie, délirante mais bien structurée et sans faille.

Soucieux, Dehonis ne parvient pas à tirer son ami de son mutisme, et il n'insiste pas. Le visage d'Efisio s'est conformé aux sentiments qu'on peut lire, un à un, dans son regard altéré, dans ces rides tracées d'un crayon noir et dans ces cernes lourds apparus brusquement.

18

En ville, Efisio cherche à se doter d'habitudes. Il voudrait donner une forme circulaire à ses journées, suivre un itinéraire paresseux qui le ramène chaque jour dans les mêmes endroits et chaque nuit sur son oreiller où ses pensées devraient s'arrêter, pliées comme son pantalon au pied du lit.

Il habite sur la plus haute colline et, chaque soir, il remonte chez lui, étourdi par l'un de ces dîners toxiques au cours desquels il parle de la nouvelle statue de pierre avec des demoiselles guêpes et des messieurs bouffis qui l'écoutent comme s'il était un prédicateur un peu exalté.

La montée qui conduit chez lui représente une épreuve : sa solitude est rendue plus acide par l'ombre de Càvili qui s'allonge jusque-là. Il s'arrête sous chaque lampadaire, regarde autour de lui et se souvient.

Le vent du sud n'a pas cessé, ce mois-ci, déposant sur la ville une poussière rougeâtre qui vient de l'autre côté de la mer. La chaleur s'épaissit. L'étang s'évapore et les cristaux de sel affleurent.

À l'aube, il est réveillé par la lumière et se souvient aussitôt des soucis que, la nuit, il avait noyés dans la mer du sommeil. À peine ouvre-t-il les yeux qu'il les voit tous, rassemblés autour de lui, qui l'attendent, dans le même ordre que la veille, inchangés. Il cache son visage sous le drap, mais cela ne sert à rien et il finit par se lever.

Tôt, le matin, il se rend à l'institut, parle avec Graziana, lui raconte son duel avec le prêtre noir et la regarde longuement : « Càvili se confesse au diable ! Il aurait fallu que je t'explique... tu aurais compris... tu aurais eu le temps d'échapper au prêtre et les doigts du député ne t'auraient même pas effleurée... je t'aurais sauvée. »

Il l'examine, la recouvre d'un drap et s'en va.

Puis il descend à la plage en cabriolet, se baigne longuement, marche dans l'eau, mange de la pastèque et, l'après-midi, fait une sieste à l'ombre.

Le soir, il passe plusieurs heures au café. Les granités le rafraîchissent mais leur effet ne dure guère.

Aujourd'hui, il est réveillé par une idée qui cogne à son front : « La devinette ! Le prêtre me provoque. Je n'ai pas de temps à perdre. Où l'ai-je mise ? J'avais conservé ce petit bout de papier. »

Il le trouve. Le lit et le relit.

Il a la sensation écœurante, qui ne l'abandonne jamais, d'avoir été griffé, écorché, de saigner.

La devinette de Càvili lui donne des brûlures d'estomac qui ne passent pas, malgré plusieurs verres de lait. Il va à la bibliothèque du chapitre et s'y enferme. C'est là qu'il étudiait quand il était jeune.

On trouve tout dans les livres, tout, c'est sûr. Ainsi,

au bout de quelques heures, les brûlures d'estomac ont disparu et il écrit au prêtre :

Monsieur le curé,

J'ai trouvé cet oiseau qui croit être un *aigle*, mais je ne l'ai pas capturé. Je l'ai trouvé dans le ciel, comme le suggérait votre devinette, dans le zodiaque des Grecs où l'aigle indique le signe du Scorpion, signe qui s'enorgueillit de vous compter parmi ses représentants. Jouez-vous avec les horoscopes ? Pour ce qui est de la montagne de l'or qui le protège, vous vous attendiez sans doute à ce que je trébuche sur un deuxième raisonnement erroné : *or* égale *force* et *force* égale *Rais Manca*. Mais, pour vous, l'or est dans les chiffres, et c'est ainsi que j'ai trouvé votre section dorée : le partage d'un segment de droite en moyenne et extrême raison, voilà votre or et votre force ! Le regretté député n'était pas un aigle, même s'il ne manquait ni d'or ni de force... et vous savez bien quel usage il en faisait. Pardonnez-moi de n'avoir pas pensé plus tôt à vous, car je vous imaginais plutôt apparenté au corbeau. Je vais y réfléchir.

E.M.

Il éprouve une haine inextinguible envers ce malin qui a choisi pour tanière cette communauté primitive où il tient le compte des âmes et des corps.
Mais ce n'est pas seulement de la haine.
À cinquante-quatre ans, il a franchi une ligne et s'est égaré dans un lieu où il entend des bruits et des appels qu'il ne comprend pas. Cette intimité absolue – que, pleurant de jalousie, Càvili avait devinée –, obtenue par la domination sur le corps de

Graziana, l'épouvante. Quel est ce plaisir qu'il ressent en la regardant ? Et cette joie qu'il éprouve à la protéger du temps ? Et cette tranquillité que lui transmet, rien qu'à lui, le regard mort de Graziana ? Ce n'est pas le délire d'un homme rendu fou par son projet, non... mais il ne comprend pas, il ne comprend pas.

Càvili s'était bien aperçu qu'il était pris par l'éternité, et il le lui avait dit, du reste : « Un homme qui momifie ses semblables cherche à croire en quelque chose. »

Quel gâchis... ça suffit, je ne gaspillerai plus rien... Peut-être n'est-ce que de la peur, de la peur.

Il baisse les bras et croit que ce sentiment dévoyé, pour une Graziana de pierre, est le signe qu'il est épuisé. La force de Càvili, sauvage et naturelle, est grande, bien plus grande que la sienne. C'est pour cela, aussi, qu'il ressent cette douleur qui le fait se voûter et blêmir.

Le mois d'août s'écoule, vain, dans un relâchement qu'il utilise comme remède à son mal, mais la cure n'est pas très efficace.

Peut-être le prêtre a-t-il trouvé une nouvelle pépite d'or, et prépare-t-il d'autres morts : les chiffres d'Abinei sont de nouveau impairs.

Ce n'est pas Efisio qui décide des châtiments pour les péchés, mais le péché de Càvili est trop encombrant.

Il songe alors à retourner à Naples, et à y transporter la statue de Graziana. Au musée d'anatomie, il y a un coin lumineux où il pourrait la mettre. Dans chacune des deux villes, la lumière n'est pas très différente. Peut-être est-elle plus cruelle, ici, avec ces couchers de soleil qu'un excès de violet rend effrayants. Il veut partir. Il a l'impression que l'île est peuplée de naufragés qui se connaissent tous et se fréquentent sans relâche, et il s'imagine que, loin d'ici, où tout est plus grand, il chassera de son esprit ce crime démesuré, et qu'il souffrira moins.

Mais les événements avancent et, soudain, avec la force de l'inévitable, se précipitent.

Un matin, au début de septembre, il relit son Horace sur lequel, il y a près de quarante ans, au lycée, le père Venanzio, le piariste, avait noté à l'intention d'Efisio :

> Cent livres suffiraient à l'humanité ! Il est trop facile, aujourd'hui, de fabriquer du papier et d'écrire dessus ! Autrefois, on ne pouvait se permettre de gaspiller le papyrus, et, avant d'écrire, on y réfléchissait à deux fois, ou plus.

Il est assis dans son fauteuil, jambes croisées, une cigarette allumée.
La femme de ménage qui passe chaque jour quelques heures chez lui apporte une lettre et un télégramme. Efisio ouvre le télégramme et sent soudain que les événements sont en train de se relier les uns

aux autres. Il sent qu'il s'apprête à rentrer dans le cycle des choses qui se produisent et s'éloigner de celles qui se répètent toujours pareilles.

De la caserne royale des carabiniers de Nunei, Pescetto communique :

> Arrêté Serafino Lovicu. Portait au cou chaîne or avec portrait Graziana Bidotti. Clame innocence mais médaille avec portrait appartenait femme assassinée.

Il attend avant d'ouvrir l'enveloppe sur laquelle le nom de Càvili s'orne d'une fioriture finale. Il la tient dans ses mains pendant quelques minutes, examine longuement l'écriture lourde et grossière. Par ce billet, le curé répond au message d'Efisio :

> Dieu bénisse votre œuvre et la mienne. Elles s'équilibrent et l'équilibre est harmonie des sphères célestes ! L'aigle vole trop haut pour vos fusils. Prenez garde.

Il a du mal à respirer, ferme les yeux et voit le prêtre lui sourire – cette bouche mauvaise –, puis lui tourner le dos, montrant ces épaules qui ne sont pas celles d'un prêtre, mais qui soutiennent le ciel du village.

Il regarde la pendule et dit à la femme : « Je pars. » Sans un mot, il prépare ses bagages. Une heure plus tard, au moment de monter dans le train en partance pour Nunei, l'ennui s'est envolé, mais Efisio a mal à la tête, car ses idées y sont toutes rentrées d'un coup.

19

La prison de Nunei est sale et ténébreuse. Une grotte de pierre et de fer dans laquelle, silencieuse et sans force, on enchaîne la délinquance de la Barbagia, qui endure la loi comme on endure l'injustice, et qui devient folle de pénitence.

« En captivité, ils s'affaiblissent, ils maigrissent. Ils rapetissent. À quoi bon la peine de mort ? Pour eux, le pire, c'est ça... Vous entendez ce silence ? C'est leur plainte », lui a murmuré Pescetto à l'oreille avant de refermer la porte derrière lui.

« Tu te souviens de moi, n'est-ce pas ? »
La lumière du parloir brûle les yeux chassieux de Lovicu qui se meut lentement, dans un bruit de chaînes et de rouille : « Oui, et tu sais que je ne t'ai rien fait, alors que tu étais en mon pouvoir.
– Je sais. Mais je sais aussi d'autres choses. Ou plutôt, Serafino, je sais tout. »
Le bandit s'agite, ses chaînes rustiques font un grincement de mauvais augure, et l'odeur de Sera-

fino, celle d'un animal en cage, parvient aux narines d'Efisio.

« Je sais que Càvili est le diable !
– Ce n'est pas vrai !
– Je sais que le prêtre aimait Graziana et qu'il l'a aimée quelques heures avant que tu ne la tues ; que c'est toi qui as écrit, de ton écriture d'enfant, le billet-devinette que te dictait le prêtre. Et je sais aussi comment ont été tués Milena Arras et Rais Manca !
– Non, non ! crie-t-il.
– Tu as été l'instrument, le funeste instrument d'un démon. Une femmelette qui obéit au doigt et à l'œil, parce qu'elle a peur.
– Je n'ai peur de rien ! » et il se frotte les yeux du dos de ses mains enchaînées, comme si une ombre dansait devant eux. « Je suis Lovicu... Lovi... »

Bleuissant soudain, Serafino s'arrache les poils de la barbe, tombe à terre dans un grand bruit de ferraille, se tord, se mord la langue, saigne, bave de l'écume et du sang, roule des yeux, cognant sa tête contre le sol, et cela retentit dans toute la prison, qui sort d'un coup de son silence et s'agite parce qu'elle comprend que la justice est en train de meurtrir l'un de ses hôtes.

Marini reconnaît aussitôt le haut mal : Les convulsions !

Il appelle Pescetto, veille à protéger la langue blessée du bandit et attend que la crise passe. Au gardien qui, effrayé, a mis son fusil en joue, il explique calmement : « C'est une crise d'épilepsie. Lovicu, le redoutable bandit, n'est qu'un pauvre épileptique.

Il ne faut pas que ça se sache ! Il en va de la vie de personnes honnêtes ! »

Puis, quand il est sûr que la crise est terminée, il quitte Lovicu et, en compagnie de Pescetto, retourne à Abinei, chez son ami. Sur la route, éblouis par le soleil au sortir de la prison obscure, ils discutent : « Docteur Marini, vous me cachez quelque chose, quelque chose d'important.

– Oui, c'est vrai, mais plus pour longtemps. Vous voyez, je crois que, dépourvu de cervelle comme il est, Lovicu n'est qu'un spadassin de quatre sous. Les trois meurtres ont un seul et unique instigateur, un dément, un fou, mais d'une redoutable lucidité. Et, en ce moment, exposés comme nous le sommes au milieu de la chaussée, j'ai peur que nous ne soyons à sa merci. Quand il sera rétabli, j'aimerais, si vous le permettez, parler encore avec le bandit, un pauvre malade faible et ignorant... Ça, ce n'était pas prévu, il y a quelqu'un qui ne l'avait pas prévu... Les maladies n'ont assurément pas le sens de la justice, mais, parfois, elles frappent avec justesse. Mais peut-être l'instigateur de ces trois morts pense-t-il déjà à la quatrième. Restons vigilants ! »

Plus tard, pendant le déjeuner, il expose sa théorie à Dehonis et Pescetto, avec force détails mais sans ostentation, et révèle la conversation qu'il a eue avec le prêtre, sans autre témoin que la forêt et les deux chevaux.

Càvili, l'assassin nuageux ? Ce nuage, c'était le halo de mal qui émanait du prêtre ? Son recueillement : la concentration du meurtrier sur ses victimes ? Et les chiffres d'Abinei n'étaient pas des chiffres sacrés.

Pescetto et le médecin restent sans voix et ne peuvent plus rien avaler.

Ils regardent longuement Efisio, cherchant sur son visage les symptômes d'une attaque de nerfs, mais ils le voient mâcher lentement, satisfait et serein, et ils remarquent même que la ride noire qu'il avait sur le front s'est effacée. En sirotant un verre de rossolis, ils émettent des objections sensées, même si tous deux sont convaincus par le fil tranchant et lumineux de ses raisonnements.

« Mais comment concilier l'histoire de la parité et de l'équilibre avec le troisième mort ?

– Qui ? Rais Manca ? Rien de plus simple : il n'était pas d'Abinei. Tout est donc en ordre aux yeux du mathématicien fou et sanguinaire. En dehors d'Abinei, il pourrait tuer des dizaines d'innocents, pourvu que l'on ne touche pas à l'arithmétique du village.

– C'est donc la jalousie qui a tué Rais Manca, et non l'arithmétique ?

– Oui, sa mort retranchait du monde des vivants le seul homme qui, en dehors de ce diable de prêtre, pouvait se vanter d'avoir joui de Graziana, de ce corps que Rais avait séduit par des voies mystérieuses – mais en vérité pas si mystérieuses que ça –, même s'il a tenté de me faire croire que leur relation était terminée depuis un an... peut-être tentait-il simplement de détourner les soupçons de lui-même...

– Rais aussi a été tué par Lovicu ?

– Je ne sais pas. Mais j'imagine que Càvili ne s'est

pas refusé le plaisir de lui ôter la vie. Peut-être Lovicu avait-il d'ailleurs rendu quelques services à Rais, qui n'était pas un saint apôtre, et le bandit n'a peut-être pas voulu le tuer de ses mains. Quoi qu'il en soit, je ne veux pas laisser à Càvili le temps de me tuer. Permettez-moi de parler avec le bandit. J'ai une idée !

– Je vais faire surveiller Càvili par Digosciu, discrètement.

– Capitaine, j'ai promis à Càvili un embaumement de première classe, très spécial. Et puis nous avons un avantage, un avantage énorme.

– Lequel ?

– Le prêtre n'est pas au courant de la maladie du bandit, et il en est encore à jouer avec les chiffres. »

Le lendemain matin – quoiqu'il n'y ait pas à proprement parler de matin dans la prison de Nunei, où toute la journée est un soir qui n'en finit pas –, Lovicu, la peau cotonneuse et les paupières bleutées, se retrouve devant Marini. Aujourd'hui, Marini a un beau visage sans une ride, et ses cheveux paraissent plus noirs : « Ta maladie ne peut que s'aggraver, tu le sais ? »

Serafino, debout, essaie de se tenir bien droit : « Je n'ai pas peur.

– L'épilepsie va grignoter ton cerveau... tu seras comme un singe.

– Il existe des médicaments, je le sais. J'en prendrai, j'y ai droit, même si on veut me pendre. De toute façon, je n'ai pas peur et je ne parlerai de rien de ce qui vous intéresse.

– Tu as peur, comme tout le monde, et comment ! Et moi, je connais le remède à ton épilepsie, et je peux te le procurer. Tu sais, je suis un médecin célèbre. Je te tiens dans ma main, Lovicu, et je t'écraserai. Je n'aurai aucune pitié, aucune. Si cela peut être utile au but que je poursuis, je te laisserai mourir, comme un chien... comme un sanglier malade, tu le mérites ! »

Le bandit gronde et tente de sauter sur Marini, mais il a les mains et les pieds entravés, ses chaînes fument et le roi de la forêt retombe à terre. Lovicu prend son expression la plus terrible, mais à quoi bon se fatiguer à faire peur ? D'ailleurs, dans cette cellule, on se rend mieux compte encore qu'il a une petite taille, le fémur court, le tibia arqué et le front bas. Niceforo aurait-il raison ? Quelle différence avec l'homme à cheval qui, dans la forêt, paraissait montrer quelques signes de courage et de force : une illusion d'optique ! Et comme ce Lovicu a un crâne étroit !

« Si tu t'agites, tu vas avoir une nouvelle attaque... il se pourrait même que tu en meures et que je décide de ne pas t'aider... Tu crèverais, étouffé par ta bave, la langue en lambeaux.

– Je n'ai pas peur de la mort !

– Tu ne mourras pas, tu ne mourras pas. On te laissera moisir sur un lit crasseux, dévoré par les punaises, paralysé, le cerveau en bouillie. Ta tête ne pourra plus rassembler ses idées, mais... » et il s'interrompt pour se rapprocher de l'oreille de Lovicu,

« mais ta mémoire continuera de fonctionner, rends-toi compte, et tu te souviendras des bois, de la chasse, du ciel bleu, des nuits étoilées, des femmes des autres... ! Ta langue, broyée par l'épilepsie, ne te permettra plus d'émettre des sonorités humaines !

– Arrêtez... je... je... » et il recommence, comme la veille, à repousser de ses mains les ombres et les éclairs qui tournoient devant ses yeux.

« On t'évitera... tout le monde te fuira, tellement tu seras répugnant... Tu auras un cal à la place du cerveau... Tu ne sentiras plus le parfum du vent mais la puanteur de tes excréments que tu ne pourras plus contenir... et la mort ne viendra pas, mais des souffrances interminables... pires que la mort... Le ciel sera toujours noir pour toi, car ce sera le manteau de la mort qui l'obscurcira, et ce manteau-là n'est pas chaud... »

Cette description produit son effet, mais, comme un médicament, il faut attendre un peu pour observer ses vraies conséquences. D'un coup, la colère de Lovicu retombe, il s'accroupit et passe du grondement au gémissement : « Aidez-moi, je vous en prie, docteur, aidez-moi ! »

Marini n'a pas prévu une conversion aussi rapide, il avait d'autres menaces en réserve. Mais il est prêt : « C'est don Càvili qui t'a ordonné de tuer Graziana et qui t'a suggéré la façon de procéder ? C'était toi, l'homme à la barbe que le fou du village a vu, au rio Neulache ? C'est toi qui as tendu la corde qui a fait tomber Rais Manca ? Tu as arraché la chaîne que Graziana portait et tu l'as mise autour de ton cou velu ? »

Càvili a eu tort de compter sur la discrétion de Lovicu : enchaîné, sans cheval, sans forêt, sans fusil et sans air, il est tombé malade. Pescetto a raison : être enfermé là-dedans, c'est pire que la mort. Le bandit se met à crier, le cou gonflé, les yeux violets et les mains jointes en prière, ses chaînes mêmes pleurent : « Oui ! J'ai tué Graziana... mais c'est le curé qui me l'a ordonné ! Il m'a menacé et il m'a expliqué comment faire, lui briser le cou et remplir ses poumons d'eau de la rivière : si je ne faisais pas cela, il ne me remettait pas mes péchés ! Elle était belle, mais elle n'a pas dit un mot... Elle n'a pas souffert, mais j'ai pleuré après l'avoir tuée ! Puis, dans la cabane de Miali, don Càvili m'a absous et je suis reparti, le cœur léger. Mais ce n'est pas moi qui ai tué Rais Manca.

– Il a voulu le tuer lui-même. Je le savais, je le savais. »

Efisio regarde la lumière qui filtre à travers les barreaux sans rien perdre de ce que dit Serafino.

« Rais Manca me donnait du travail et de l'argent en secret. C'est le prêtre, avec son cœur noir comme le charbon et ses bras de fer ! Moi, j'étais là, je regardais, même quand il lui a coupé la main avec une hachette, j'ai regardé. »

Puis il reste roulé par terre, les yeux écarquillés et la bouche béante, affamé d'air.

Derrière les barreaux, Pescetto a noté tout ce que disait le brigand et, muet, éreinté et admiratif, il regarde Marini qui, souriant, observe encore la lumière qui pénètre dans la cellule par le soupirail, et dit, comme si elle était là : « Tu vois, Graziana, tout rentre dans l'ordre.

– Vous allez me soigner, maintenant, hein, docteur ? Vous allez me soigner ? Vous savez comment on soigne ma maladie... », répète Lovicu, agenouillé.

Efisio semble avoir rajeuni : « Oui, je te ferai soigner par le brave Dehonis. En attendant, signe ces papiers, qui sont ta confession. Et je te promets que, le moment venu, je t'embaumerai dans les règles de l'art, avec ta barbe et tout le reste, et que j'offrirai ta momie à M. Niceforo. Ce sera beau de te voir conservé comme un cristal, toi qui auras été un ogre avec les faibles femmes et un lâche avec les hommes. Et on t'installera à côté de cet assassin fanatique déguisé en prêtre. Je t'en fais la promesse ! »

Il s'agenouille près de Serafino : « Maintenant, ne bouge pas. »

Il sort de sa poche un double décimètre et mesure avec soin, en long et en large, le crâne du bandit. Lovicu croit que cela fait partie du traitement et reste docile. Efisio note des chiffres, se livre à un rapide calcul et, se tournant vers l'officier, s'exclame : « Il est dolichocéphale ! Alfredo Niceforo, tu t'es trompé ! Alfredo, tu n'es qu'un âne ! Lovicu est dolichocéphale, comme moi, comme vous, capitaine ! Son crâne n'est pas grand... Ah, ah ! Mais il est do-li-cho-cé-pha-le ! »

20

« C'est vrai, ce qu'on raconte, docteur, que vous avez résolu une affaire d'assassinat, et même une triple affaire ? Un prêtre meurtrier, on m'a expliqué, et vous l'avez fait jeter en prison ? Et la momie ? Elle est belle, très belle ! Elle vient de l'île ? Elle est fort belle ! Une vraie princesse ! Moi qui croyais que, là-bas, elles étaient toutes sèches et rabougries, à faire pitié ! Excusez-moi si je vous en parle, mais moi, je ne l'aurais pas placée si proche de la verrière centrale, je l'aurais mise dans un endroit où la lumière est plus délicate, car, comme elle est toute nue, elle a besoin d'un peu d'intimité, vous comprenez, elle a honte d'être livrée à tous les regards, comme ça. Croyez-en quelqu'un qui est gardien de l'institut depuis plus de vingt ans.

« Qui a dit que, devant la mort, nous étions tous égaux ? Rien n'est plus faux ! Avez-vous vu cette jeune fille ? Parole de Nandino, c'est elle qui a gagné, ce n'est pas la mort ! Elle va devenir célèbre, à Naples, comme Néfertiti et Cléopâtre ! Bonne journée, docteur. »

Abinei, 24 mai 1894

Cher Efisio,

Un an après la mort de Milena Arras, le procès de Càvili vient de s'achever – je t'envoie l'article que j'ai découpé dans l'*Unione* –, et le « prêtre de l'enfer », comme on l'appelle désormais, a été condamné à perpétuité.

C'est en vain que la défense a invoqué la maladie mentale. Au contraire, on a retenu comme circonstances aggravantes la lucidité avec laquelle il a accompli ses crimes et cette soigneuse préméditation que tu avais si bien reconstituée. Pescetto est encore tout ahuri quand il me parle de tes « tours de prestidigitation ».

J'ai été très surpris que le défroqué Càvili ait accepté que son avocat le dépeigne comme un aliéné. Le silence dans lequel il s'était muré, au début, ne pouvait, à mes yeux, signifier qu'une chose : il montrait ainsi le dédain que lui inspirait le châtiment qu'on allait lui infliger, et l'homme m'avait paru doté d'un certain courage. Mais la cruauté ne donne pas de courage, et je me trompais. À la fin, la peur de la condamnation a été la plus forte. Et, comme un voleur d'œufs et de poules, il s'est mis à marchander et à se démener pour échapper à son jugement.

Il en est venu à désigner la cause de sa cruauté en la personne d'un certain père Thomas, un pasteur anglican qui a séjourné dans l'île durant une dizaine d'années comme missionnaire (à l'évidence, on nous considère comme des hommes des savanes, à qui il faut apporter la civilisation, ce qui n'est pas totalement faux), et qui prêchait encore un peu partout il y a quelques années. Càvili a prétendu que, après avoir vu la femme du pasteur, qui vivait si heureuse, dans la grâce de Dieu, entre son mari et ses enfants, il s'était mis, par réaction, à la recherche d'une femme, et qu'il était passé du péché au crime.

Sisinnio Bidotti a assisté, muet et digne, à toutes les audiences du procès. On murmure que c'est lui, le mouchard qui a permis l'arrestation de Lovicu. Il tenait sa vengeance, mais il est plus mélancolique que jamais. Il m'a demandé d'intercéder auprès de toi pour qu'il puisse voir Graziana, au moins une fois.

Quant à l'ex-terreur de nos forêts – mais la succession est déjà assurée, avec un nouveau bandit qui détrousse et qui tue –, sache que, depuis quelques semaines, le bonhomme est interné dans un asile d'aliénés pénitentiaire du Latium, malgré les doses de bromure que je lui ai administrées, et qu'il y moisira jusqu'à la fin de ses jours, que j'imagine prochaine, car, lorsqu'on l'a envoyé là-bas, l'épilepsie lui avait déjà bien entamé le cerveau et le dévorait chaque jour un peu plus. Désormais, sa vie n'est plus qu'une infinie convulsion.

Tu pourras ajouter cette coupure de journal à toutes celles que je t'ai envoyées.

Comme convenu, c'est avec plaisir que je serai ton hôte à Naples : je suis si ému à l'idée de revoir, cinquante ans après, la plus belle ville du monde. Mais, avant de partir, je veux être certain que ta fille Rosa me supportera.

Pescetto m'a dit qu'il t'avait écrit. Il m'a fait savoir que, l'année prochaine, il se mariait et retournait sur le continent de sa blonde Piémontaise. Il dit qu'il a déjà la maladie de ces Anglais qui passent des années en Inde et retournent à Londres où la nostalgie les ronge. Mais je crois que c'est un compliment outré et qu'il est en vérité fou de joie de devoir quitter nos chèvres et nos bandits, surtout les bandits.

Le village a un nouveau curé, un homme rabougri comme un ver de poire.

Enfin, un poison salutaire qui te procurera du plaisir : je te confirme la haine inextinguible que Càvili t'a vouée de tout son être. Le juge Gessa avait désigné plusieurs experts, dont je faisais partie. Lorsque nous sommes allés l'examiner, il m'a hurlé au visage : « Malgré tout son latin, Marini mourra avant moi et en proie à de terribles tourments ! Les façons de crever sont infinies, vous le savez bien ! Et quand j'apprendrai cette nouvelle, ma chaîne deviendra légère ! »

Je lui ai répondu, mon ami, ce que tu aurais attendu de moi, et je lui ai expliqué que tu étais toujours disposé à pratiquer sur lui un de tes embaumements, et que, pour l'occasion, tu reviendrais avec plaisir dans cette triste Abinei où figure-toi que – ainsi en a disposé le ciel avant et après Càvili – rien n'est changé dans l'État des âmes.

NOTE

Efisio Marini naît en 1835 à Cagliari, dans le quartier du port, dans une famille nombreuse de commerçants aisés. Il fait ses études de médecine à Pise. Il est assistant extraordinaire à l'université de Cagliari et n'a pas trente ans lorsqu'il met au point une méthode de momification qui permet, sans entailles ni injections, la pétrification des cadavres ; processus qu'il saura ensuite inverser en restituant souplesse et couleurs naturelles aux corps. À l'époque, la momification est une pratique répandue en Europe, notamment dans les classes supérieures. Il existe des momificateurs à la mode et les manuels d'embaumement fleurissent jusqu'au début du XXe siècle.

À Cagliari, Marini ne jouit pas d'une bonne renommée, surtout parmi le peuple : des épigrammes en dialecte circulent, où s'expriment davantage le scepticisme, l'ironie et la peur superstitieuse que l'admiration. Mais ce qui le blesse plus que tout, c'est l'incompréhension que lui témoignent les milieux universitaires de Cagliari. C'est ainsi, par dégoût et par ambition, qu'il quitte sa ville, non sans avoir, dit-on, jeté ses œuvres dans les eaux du port, les rendant à la mer dont il semble qu'il prenait son inspiration.

Il s'installe ensuite à Naples, où il noue des rapports

suivis avec des milieux non scientifiques, avec Salvatore Di Giacomo et Giovanni Bovio, lequel rédigera, à la mort de Marini, l'épitaphe que l'on peut encore lire dans le hall de l'université de Cagliari.

Au cours de l'Exposition de Paris, en 1867, Napoléon III se montre intéressé par ses recherches, et confie au célèbre chirurgien Nélaton le soin d'évaluer la technique qu'il a mise au point : Marini se verra décerner la Légion d'honneur. La même année, la prestigieuse revue médicale *Lancet* lui consacre un article.

Cependant, il poursuit ses recherches, conservant jalousement son secret, et s'en servant, ainsi qu'il l'affirme lui-même, comme sésame pour ouvrir, en vain, les portes de l'université.

Il momifie des personnalités, comme le marquis d'Afflito et Luigi Settembrini ; il expose à Vienne, à Paris et à Milan une composition macabre où, sur une table, sont disposés du sang et des organes coupés en tranches, et qu'il couronne d'une main de jeune fille (le tout, évidemment, pétrifié) : délicatesse quasi maniaque qui se répétera.

Les dernières années de sa vie le voient venir en aide aux cholériques des quartiers populaires de Naples et, dans ses écrits, il affirme avoir le projet, qui, fort heureusement, en est resté au stade des intentions, de leur durcir les intestins. Il mène une existence triste, engloutissant sa fortune dans ses recherches. Un neveu, graveur de talent, Felice Melis Marini, lui rend visite et en revient avec une impression de mélancolique décadence.

Il meurt à Naples au mois de septembre 1900, à l'aube du nouveau siècle.

Alfredo Niceforo (1876-1960), sociologue, criminologue, professeur de statistique dans diverses universités italiennes, acheva sa longue carrière à Rome et fut l'auteur de très nombreux ouvrages, parmi lesquels *La Délinquance en Sardaigne* (1897). Les allusions de Marini aux théories du sociologue, fondées sur des mesures biométriques, statistiques et en partie physiognomoniques, ne sont donc pas véridiques du point de vue chronologique. Pour autant, il n'est pas inexact d'affirmer qu'il reprend une démarche assez répandue à l'époque parmi ceux qui eurent à examiner la question de la criminalité dans l'île.

*La composition de cet ouvrage
a été réalisée par I.G.S. Charente Photogravure,
à l'Isle-d'Espagnac,
l'impression et le brochage ont été effectués
sur presse Cameron dans les ateliers
de* **Bussière Camedan Imprimeries**
*à Saint-Amand-Montrond (Cher),
pour le compte des Éditions Albin Michel.*

*Achevé d'imprimer en mai 2003.
N° d'édition : 21454. N° d'impression : 032446/4.
Dépôt légal : juin 2003.
Imprimé en France*